统编小学语文教科书同步阅读书系

三月桃花水

刘湛秋 ◎ 著

/长江文艺出版社全新打造阅读小程序/ 乐

长江乐读 陪你乐读文学经典

好听
有声书 用声音诠释经典,闭上眼睛听好书。
好书领读 多视角解读,挖掘图书背后不为人知的故事。

好学
写作素材 精选好词好句、时事案例、环球见闻等,帮你提升写作能力。

好看
电子书 手机阅读更方便,更有风格多样的插画版电子书不定期更新。
推荐书单 看完一本不过瘾?推荐更多同类好书,根据你的喜好定制书单。

好玩
乐读论坛 精美日签、话题讨论、阅读活动等,跟乐读伙伴一起开启读书新方式。
每日打卡 养成阅读打卡习惯,完成任务还可享受购书优惠,读得越多,省得越多

简单三步,马上乐读!

- 第一步:微信扫描右侧二维码,进入"长江乐读"小程序
- 第二步:搜索你感兴趣的图书
- 第三步:打卡签到,听有声书、看电子书,领取作文素材包

目 录

第一辑　三月桃花水

三月桃花水 / 003

雪 / 005

祝福 / 007

微笑 / 008

树的生命 / 009

水仙花悄悄地开放了 / 011

我爱明丽的朝霞 / 012

闪电 / 013

湖边遐想 / 014

月光下的树 / 016

笛子 / 017

月夜 / 018

雨天的歌 / 020

珍珠 / 022

春天吹着口哨 / 023

向日葵 / 025

酥油花 / 026

第二辑　桔林中的少女

桔林中的少女 / 031

背竹篓的小姑娘 / 033

跳伞者 / 034

高高的毛竹林 / 036

冬天的松林 / 037

村边 / 039

雪中小站 / 040

白色的墓碑 / 042

天鹅 / 044

书 / 046

潮水轻轻地来了 / 047

第三辑 独轮车

独轮车 / 051

妹妹 / 055

斗蟋蟀的故事 / 057

放鹅去 / 060

卖菱角的姑娘 / 061

伞 / 063

那双美丽的眼睛 / 065

雨的四季 / 068

小河 / 072

森林里的夏天 / 079

四月,柑子开花的时候 / 082

卖烤白薯的老人 / 084

回忆 / 085

端阳的龙舟 / 087

遥远的吉他 / 089

山里的邮局 / 091

第四辑 海滨月光路

海滨月光路 / 095

海岛集市 / 098

潮声 / 100

海上微雨 / 102

海之幻 / 103

高原旅思 / 113

漫道雄关美哉广元 / 115

桐君山 / 119

冬季台北不朦胧 / 123

宏伟、美丽、宁静的南天寺 / 128

漫步在凋零的树林 / 133

排箫声中的橄榄树 / 136

林中草莓 / 139

大自然之子 / 144

寻找自己 / 150

我和吉他 / 153

我爱你,中国的汉字 / 160

体验汉字的魅力 / 164

燕子 / 168

镜泊湖遇雨 / 172

成长的平静与躁动 / 174

平凡而美妙的发现 / 177

第一辑　三月桃花水

三月桃花水

是什么声音,像一串小铃铛,轻轻地走过村边?是什么光芒,像一匹明洁的丝绸,映照着蓝天?

呵,河流醒来了!三月的桃花水,舞动着绮丽的朝霞,向前流啊。有一千朵樱花,点点洒上了河面,有一万个酒涡,在水中回漩。

三月的桃花水,是春天的竖琴。

每一条波纹,都是一根根轻柔的弦;那细白的浪花,是响着有节奏的鼓点。那忽大忽小的波声,应和着田野上拖拉机的鸣响;那纤细的低语,是在和刚刚从雪被里伸出头来的麦苗谈心;那碰着岸边石块的叮叮,像是大路上车轮滚过的铃声;那急流的水声浪声,是在催促着农民开犁播种啊!

三月的桃花水,是春天的明镜。

它看见燕子飞过天空,翅膀上裹着白云;它看见垂

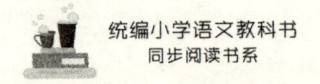

柳披上了长发,如雾似烟;它看见一群姑娘来到河边,水底立刻浮起一朵朵红莲,她们捧起了水,像抖落一片片花瓣;它看见了村庄上空,很早很早,就袅袅升起了炊烟……

比金子还贵呵,三月的桃花水;

比银子还亮呵,三月的桃花水;

呵,地上草如烟,两岸柳如眉,三月桃花水,叫人多沉醉。呵!多多地装吧,装进我们心灵的酒杯!

雪

南国的雪,我们分离得太久了。

那微带甜味的湿润,那使人快活的冷气,那彩色梦幻的飞旋,伴着我少年的轻狂,再也无法追寻。

没有暖气也没有炉子的小屋,铁一样寒冷的硬被子,都无法阻挡我对雪的渴望,只有睁眼看见屋外白花花的光亮,那就像涌进来一股暖流,勾起难以抑制的温暖的心情。

雪,南国的松软美丽的雪啊!

它纷纷扬扬,比春天一树树的梨花还要美。这时,北风变得柔和了,吹着它,上下翻飞,轻轻地降落,使人能看清那六角的菱形,看到一个美丽童话世界。

不知道它是想依恋天空,还是想委身大地。它忽上忽下,是那样的轻盈自由啊!忽然,它落进了我的颈脖,像个小绒毛,却又摸不到它,产生了甜甜的微痒。

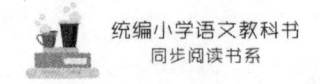

我伸出手来，它会安静地落到我的掌心，在我的钟情的眼睛里，慢慢地消失了它的身影。有时候，真愿意伸出舌头，希望能接到一片雪花，那淘气的愉快里绽开了多少天真的梦。

雪，南国的松软美丽的雪啊！

忽然，我像一下子变成熟了，往往放弃堆雪人、打雪仗的乐趣，却愿意宁静地默默走去，翻过废弃的铁路线，来到郊外，默视着广袤的天空和田野。所有的污秽和荒凉全遮掩了，只有雪，白花花的、纯净的雪。这大自然创造的最精美的白色拥抱了田野、山岗、房屋和树林。偶尔由于风的吹动，越冬的树和菜斑斑点点闪着一点新绿。

这时，眼睛和心变得多么亮，多么舒展。美丽的维纳斯仿佛就在你的身边，对着你微笑。所有的幻想都会脱颖而出，飞向雪的地平线，开出白色的花朵。

雪，南国的松软美丽的雪啊！我们分离得太久了，也许我还能追寻那没有污染的洁白，幼稚却纯真的梦幻，和那寒冷中的温暖？

祝 福

我常常在夜晚，对人生默默地祝福。

那些在远海上和惊涛搏斗的水手，会听到我托付鸥鸟带去的祝福声；那些在沙漠中孤独地跋涉而又不屈的探索者，我的祝福会变成他背的水壶中的清泉；那些在人生的旅途中屡遭不幸甚至准备结束一切的人，我的祝福会像永不离弃的情人，给他送去甜蜜的安慰……而对那些已经处在幸福中的人，我也去添上一朵洁白的素馨花。

我知道，我的祝福是无力的，也许根本帮不上什么忙，可是如果没有我的祝福，他们会不会更加孤单？

在人与人的世界里，人不可能总是一人，他需要别人，也思念别人，因此，对我这不相识的祝福——

他们不会忘却！

微 笑

啊，谁不喜欢那柔美的微笑？

像蓝天上一朵浮云，像夏日里一阵徐风，像鲜花轻轻地点头。

也许，孩提时母亲的微笑，直到白发苍苍你也能回忆，也许初恋时少女一次扬脸的微笑，会陪伴着你终生的跋涉，也许屈辱时一位友人的微笑，会溶化你心中冰山般的郁结。

啊，那微笑，那温暖的使人荡漾春天的微笑；

我总是在寻觅你，在匆匆而去的车窗后的影子里，在黎明降临最初碰到的熟人的第一声招呼中，在那些有花朵和没有花朵的土地上。

我愿这微笑，到处为我所呼吸。

也许在我临终时刻，我所珍盼的，就是我喜爱的人的一次微笑。

有微笑的地方，我将坦然而去。

树的生命

是因为道路的开拓，已经长得粗壮的杨树被锯伐了。我骑车走过，看着白花花的树身锯口，远远地排成一行，像发亮的疤痕，像一串深思的虚点，痛苦地和我对视。

是的，道路总要拓宽的；可是这树栽了似乎也没多少年，也许，在计划者的笔下，这么轻轻一点……

但路的开拓总不像锯树那么便当。过了几天，依样没有动工。但我发现，差不多每一座树身，都不知从什么地方挤出新芽。于是强大的树根又活动起来了，传送那么多丰富的浆汁。新芽仿佛泉眼，从每一个不可见的树孔里钻出来，喷射出一片又一片新叶。

初夏悄悄地来临。道路两旁还看不到施工的迹象。但我惊异的发现：密密茂茂的新枝新叶已经包围了整个树根，像平地栽种的小灌木丛；从未到过这里的人会为

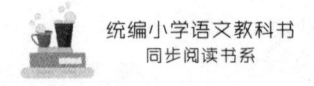

这整齐,匀称而又美丽的花丛而欣喜地远远地望去,那种蓬松的嫩绿的阳光的辉映下,给大地增添了无限的生机。

刹那间,我被这欢乐所笼罩了,忘记了被锯掉的树那些苍白的虚点。也许,从某种意义上说,树的意志和生命力比我们还要顽强,这就是绿色不会泯灭的依据!

水仙花悄悄地开放了

一株柔弱静美的水仙在我的写字台上开放了。

我不知道它什么时候打的苞,但是它慢慢地开放了。

白里泛黄的花朵,像童话里的小姑娘的眼睛,羞涩地瞧着我,探视着陌生的世界。

为了她的诞生,那碗中清莹莹的水,仿佛在轻轻地回旋,那洁白温柔的阳光,仿佛在为它沐浴,而四周的空气,因为她那永远散发出的淡淡的香味而变得爽洁了。

她一动也不动,没有风给她婀娜的身姿,但她不是做梦,她是在凝思。

我一动不动地坐在她身旁,也不是在做梦,是在凝思。

我们两个生命在春天里默默地交融。

我爱明丽的朝霞

我爱明丽的朝霞,爱金色的流云,爱那充满活力的天空。

这时候,呼吸是畅快的,思维是热烈的,一双乌黑的眼睛是飞扬着神采的。

阳光的雨沐浴着整个身躯,甚至每一个毛孔,每一个细胞,都张开了富有灵气的小嘴。

沾满露水的草丛,刚睡醒的花朵,伸着懒腰的树枝,寻求爱恋的蝴蝶,从松土层中探出身子的蚯蚓,都为霞光而陶醉。

活跃了的大地召唤着一切活跃的生物。

那颗永远年轻的心,飞吧!

闪　电

在黑压压的天空，乌云挤着乌云，风声从四面八方袭来，突然，像有什么凝住，立即一道劈开的亮光，从天顶划到天边。

是那样的耀眼，是无与伦比的雄美，整个天空，仿佛被劈成两半，照亮出乌云上边那惊人的蔚蓝，大自然开始了一场没有死伤的战争。

啊，如果在急雨中，那一串的冰色的照明弹就更为壮观，眼前像一汪跃动的大海，或狂欢的节日之夜。

当闪电一霎间收敛，雷声隐隐而来，由小变大，终于演成可怕的轰鸣，那闪电也就变成一种恐怖了。

只有没有雷的闪，西边还透出几朵夏日的红霞，闪烁像窗帘上的花边；这时，没有人能怀疑它的温柔。它和雨一样，对人们发出亲切的呼唤，和启示着一种亮的幻想。

湖边遐想

我坐在湖边,金色的阳光拥抱着一切,湖水是那样的宁静,一丝涟漪也没有,简直是个光滑的镜子。

我望着它,感到柔和而美丽,甚至想躺上去。也许,湖水也睡着了。

中午的太阳,使一切都懒洋洋的,连鱼儿也沉进水底,不在水面打一个水花,或吐一个气泡。

啊,那无与伦比的柔静,仿佛整个世界也在湖面上溶化了。

下午,渐渐地有了小风,波纹丝丝。湖醒了,在眨着眼睛,在抖动衣裙,在向你轻盈地走来……

在几片乌云后面,风慢慢地大了起来,于是湖水开始翻腾、欢跃,像奔跑的少女,像摇动的草原……这滚动的景色使我兴奋了,使我的心中升腾起一支热烈追求的歌曲。

啊，那欢腾的热热闹闹的波浪，风给了湖水以活的生命。

头顶上的树叶悄悄的问我：你喜欢什么样的湖水啊？

我——对着天空和大地回答：

我又喜欢波平水静的湖，又喜欢浪花飞卷的湖，因为整个生活是多样的，人的需求也随着心境与时间而不同啊！

月光下的树

默默地，相亲无语。

月亮在天空，看着树，树在地上，看着月亮。

大地是这样安静，仿佛只有树和月亮，仿佛只有这两对眼睛，在默默地相望。

月亮悄悄地移动着，但是它不能走近树；树轻轻地摇动着叶子，但它的声音很快消失在空中。

树仍旧感到温暖，因为有了那一丝清柔的光，树仍旧感到欢乐，因为有这一汪月色，伴着那孤寂的夜。

默默地，相亲无语。

也许，当风吹过的时候，会勾起一丝希望，把无人知晓的爱的语言，带到遥远的天上……

笛　子

在山村，在云彩的家乡，最使人难忘的，便是笛子。

在月光如银的夜晚，在朝霞微泛的黎明，在茅棚里，在泉水边，那清新嘹亮的，沁人心扉的笛音，是多么诱人。

笛音吹舞了姑娘优美的身姿，吹去了老年人脸上的皱纹，吹出了孩子欢笑的酒涡；它是欢乐的，永远是我们美好生活的赞美之声！呵，

是云彩赋予它柔美，

是山泉赋予它清丽，

是空气赋予它明亮，

但赋予它生活的，则是山乡人民的广阔的胸膛，是他们吸取了劳动的全部美丽，它，才吹得出这么多的欢乐，才能给人们这么大的力量！

月　夜

中秋节的夜晚,我是在北方的海滨度过的。

绿色的海面上,撒满了星星;它们是夜的眼睛,在波光中顾盼流连。

月亮沐着海水,露出了那洁白如玉的身子;一片淡色的云彩捧着她,在海底航行。

我坐在岩石上,听到鱼的低语,听到空气轻轻的话音。

柔和的像羽毛一样的夜呀!

我记起了三年前同一天夜晚,在这块岩石上,一个年青的海军战士,坐在我的身边。

他谈着他的家乡。他说,南方的海,更蓝;南方的夜,更暖;南方的月,更亮。他说,他是渔人的儿子,是在海浪中长大的,他爱海……

他又低低地向我耳语,说他有个未婚妻,是生产队的会计。

　　一阵风吹过桦树丛，摇落了三两片树叶。

　　我们握紧了手，一起走向海滩。

　　今天，我又来到了这里，心里激荡着海水的深情。想在碧波万顷的海上，或者在南国温暖的月夜，有那个战士年轻的身影……

雨天的歌

从灰蒙蒙的天上，从飘动着的云层里，从轻悠悠的南风中，落下来了，落下来了——

雨，春天的淡蓝色的雨啊！

千万条银丝，荡漾在半空中，弥弥漫漫的轻纱，披上了黑油油的田野。

雨落在水库里，像滴进晶莹的玉盘，溅起了粒粒珍珠；雨落在树梢上，像给枝条梳动着柔软的长发；雨落在大地里，卷起了一阵轻烟，土地好像绽出一个个笑的酒涡……

雨，春天的淡蓝色的雨啊！

从学校的玻璃窗上流下来，从新打的抽水井边流下来，从拖拉机的车轮上流下来，仿佛给匆匆赶来的春天洗尘。

老大爷站在院心，眼睛眯成了一条线，雨从他的旱烟管梢上流下来。年轻的姑娘，顾不得淋湿自己的花衣裳，在雨中唱着歌。她们望见了雨后的彩虹，绿茵茵的小苗……雨从她们的发辫上流下来。

雨，春天的淡蓝色的雨啊！

它轻轻地轻轻地流过人们的心田。

像醇酒一样的浓烈。

像甘露一样的清凉。

落啊落啊！好像大地上，敲起了一阵叮叮咚咚的丰收的鼓点……

珍　珠

也许，生活在海里的蚌蛤，是那样的孤单？也许是它的爱，寻找不到深情的渴慕者？

于是，一粒普通的沙子，被海水的冲击，无意闯进了它的心房，使它灵魂的天地敞开了，使它成熟的爱有了寄托。这样，它牢牢地锁闭了壳，用自己的肉体，全部的心血，去爱抚……那种爱，像任何爱情一样，甜蜜而又痛楚。

珍珠是这样诞生的，美丽绝伦，人间的奇迹，但是伴和着血和肉的磨炼。

于是蚌蛤死亡了，珍珠却得到永生。

只是世间的爱情，却很少产生出珍珠，却像海里的草藻的海水，草藻漂浮着，被浪送到岸边，干枯掉，再也没人问津。

春天吹着口哨

沿着开花的土地,春天吹着口哨;

从柳树上摘一片嫩叶,

从杏树上掐一朵小花,

在河里浸一浸,在风中摇一摇;于是,欢快的旋律就流荡起来了。

哨音在青色的树枝上旋转,它鼓动着小叶子快快地成长。

风筝在天上飘,哨音顺着孩子的手,顺着风筝线,升到云层中去了。

新翻的泥土闪开了路,滴着黑色的油,哨音顺着铧犁的镜面滑过去了。

呵,那里面可有蜜蜂的嗡嗡?可有百灵鸟的啼啭?可有牛的哞叫?

沿着开花的土地,春天吹着口哨;

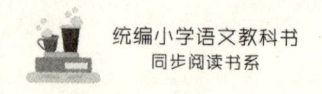

从柳树上摘一片嫩叶,

从杏树上掐一朵小花,

在河里浸一浸,在风中摇一摇,于是,欢快的旋律就流荡起来了。

它悄悄地掀开姑娘的头巾,从她们红润润的唇边溜过去。

它追赶上了马车,围着红缨的鞭子盘旋。

它吻着拖拉机的轮带,它爬上了司机小伙子的肩膀。

呵,春天吹着口哨,漫山遍野地跑;在每个人的耳朵里,灌满了一个甜蜜的声音——早!

向日葵

在田野里，在大道旁，在庭院中，在一切有着泥土的地方，哪儿见不到一棵向日葵？

翠绿的身躯，永远是那样地挺拔，从不卑躬屈膝；金黄的花盘，永远是不停地转动，有着如一的信仰。是迎送远方的客人，你才不倦地站立着等待吗？是有着说不尽的喜悦，你那圆圆的脸庞，总是挂着微笑吗？

呵，向日葵，你是那样的朴实，你是那样的刚直，甚至只开一朵花，却又如此的深厚、富有。从一朵花里竟孕育出这么多的种子。

看见你的时候，人们就想起了太阳，心地会无比地开阔舒畅；看见你的时候，人们就感到温暖，全身会涌出无限的力量。

你是光明的歌，你是质朴的诗。

年轻人，种一棵向日葵吧！

酥油花

在那辉煌的庙宇中，在金色的氛围里，发散着藏族兄弟姐妹非常喜爱的酥油花的气息。

这种酥油花有点像汉族的面人，但它是用从牛奶或山奶摇制出的酥油捏制的。虽然，它不像面人儿那么纤细，它粗犷，雄烈，像寥阔的草原，像巍峨的雪山，像能吹裂皮肤的风……

它的细部也很秀丽，也呈现出各种艳丽的花朵，和一种在原野上有星光的夜晚那低沉的呼唤。

看得出，藏胞对美的体察是敏感而入微的，这大大小小的酥油花的形象，来自他们的草原上生活的全部灵感。

但是，大自然的风云变幻太快了，因此，藏胞们愿意把这些酥油制成精美的花朵和彩绘的故事传说，在他们的艺术宝库——庙宇中留存。

也许，我这闻过江南野花小草的人，不习惯这酥油花的气息，正像喜欢喝酥油茶的藏胞不爱我的稀饭一样。人和自然是那样广阔多彩，为什么要寻求一种归化呢！

去爱那些你还不习惯的事物吧！

因此，当我踏上这片藏族兄弟姐妹生活的土地，我觉得我很喜爱酥油花，并祝福他们——酥油花的培育者，会永远生活在这奇异的花香之中！

第二辑　桔林中的少女

桔林中的少女

新雨后的山坡，新雨后的桔子林。

叶子，越发的碧绿，像绿宝石那样纯净；桔子，越发的金黄，像躲藏起来的狐狸那一闪一闪的眼睛。

秋天的成熟，弥漫在空气中；美丽的桔林，不再渴求别的色彩的气息。

忽然，像彩虹移过林间，明丽的阳光一闪；

翠绿的叶子，金黄的桔子，一下失去光泽；

走出来一个可爱的少女。那青春的红润，流淌着调色板配不出的色彩，那轻快的微笑，像带着桔子芳香的风，那轻盈的双脚，是活泼清澈的小溪。

她扛着一筐桔子，给桔子镀上无比的美丽。她像是桔子的女神。

这时，所有希望的光点都集中到她的身上。

啊，如果真可以有梦幻，那就让这一片桔子林永远

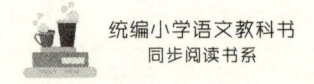

不要凋谢，让它的身边，永远陪伴和守护着这个可爱的少女！

背竹篓的小姑娘

在我的桌上,有一尊美丽的石膏像,不是沉思的贝多芬,不是断臂的维纳斯,是个背竹篓的小姑娘。

我在山区,看过许多这样背着篓的小姑娘。是的,这是一种生活,一种习惯,甚至是一种必需,但是在每一个农家孩子生命的路上,是否都要经历拣粪、打草的岁月,虽然它已绵延这了几千年?

她一只脚跪着,一只脚蹲着,像是在休息,圆圆的小手,还扶着背上的竹篓。她没有笑,也许是累了,眼睛似乎也不那么发光,只有风,吹着她的头发,阳光下闪着汗滴。

我不知道为什么雕塑者给她背这么一个和她身高差不多的背篓,是为了艺术上的匀称,一种夸张,还是为了实用——仅仅是为了多插几只笔的笔筒……

但我却总不忍心把这竹篓装满,怕这生命的天使因不适当的负载而夭折了美丽的翅膀……

跳伞者

只描写过，那些绚丽的伞，映着白色的云，

只描写过，那半空的飘浮，那优美的造型；

都是在看跳伞的人的眼中的反射，都是看跳伞的人的想象。

而那些跳伞者呢？什么是他们在高空中的最深的感受？

闪电式的一冲跳，一、二、三、四、五、六、七、八，嘴默默地叨念，镇定中也微微隐藏一丝惊惧，耳畔只是风，心急速下沉，突然，拉开手栓，伞，被风撑开，心像一下子被托起，脚底恍若踏上憩息的草地，一种难以言传的飘浮的柔软……

这时候，他感觉完全进入一个新的世界，那就是宁静，无边无际的宁静，在六七百米的半空，和脚下的城市似乎完全隔开，一丝音响也传不上来，空气和以太的波把地面上的声音完全隔离，那种宁静是生活中没有过的，甚至在深山中也不会有这个感受，而那种宁静，又不是死亡，不是原始的宁静，就像胎儿睡熟在母亲的子宫中那种感觉，柔软，温暖，舒适……

在半空中和同伴谈话，声音像透过水晶那样明澈，传得遥远遥远，而对方的回答听来如铃，没有丝毫的失真。结伴跳伞者之间的对话，构成了人间美丽的音乐。

只有这时候，才能使人感到大自然的全部柔美。

也许，为了这一刻，人们会爱上跳伞；也许，每一种幸福，都包含在勇敢的冒险之中。

高高的毛竹林

有如原始的森林,遮蔽了整个蓝天,却又找不到一丝枝蔓,和突出的根,地面平坦得像草地,只有厚厚的一层枯黄的叶,绒毯一样的的伸展。

到处都是圆滑的,可以任意地抚摸,任意地弹出视线。脚步不用担心碰到羁绊。

青翠的毛竹从根部升向天空,仿佛不是生长出来的,而是拉出来的。

不需要婆娑,不需要柔弱,不需要美丽的曲线来增添它的姿色。

密密的,却又是稀稀的;拥挤的,却又是开朗的。

阳光只在顶上的叶间盘旋,带着一层淡淡的雾,像一片金色的雪花,久久地不肯降落地面……

只有画眉鸟在静谧中,低低地呼唤落叶下面的复苏的笋尖。

冬天的松林

冬天的松林，充满着快乐的奥秘。

在白色的天空和白色的雪的辉映下，整个世界变得空荡而寂寞，而这一片不凋的松林，却展示了一个童话的王国，起伏着柔美的绿色。

它像沙漠里的绿洲，像春天里的梦，像老年人回忆中的青春。

由于失去浓荫而忧伤的太阳，照到松林伞一样的顶篷，开始欢愉了，并在针叶的拨动下，跳起轻松的波尔卡；悲冷的风一路上都找不到朋友，也为这一片丰满的松林而欣喜，于是，在每一根针叶，都响起一支支歌，倾诉寂寞和爱恋。

这里只有松树，别的什么树都没有，连个小灌木丝也没有，雪地显得非常洁净，看不见一片落叶的黑斑。啊，在一片白色的土地上，兀立着一柄柄直立的绿色的

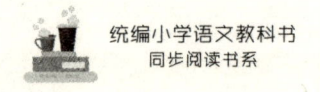

大伞，比夏天雨后的蘑菇还要诱人。

那么，倚着这魔幻的伞飞向天空去吧！

不，不，在这松林里的我，只愿在这柔美绿色的抚摸下，轻轻地，轻轻地，印下我的脚印，伴着这一年最后的绿色……

村　边

早晨,她提着一桶水,走过村口。轻巧的脚步踏碎了黎明的露珠;明亮的水桶里,盛满了一朵朵红霞。

小伙子赶着牛走过来,不前不后,不紧不慢,挡住了她的去路。

小伙子问:"能不能借你的水饮饮牛?"

她停下了。水桶里照见了两个人逐渐靠近的身影。

也许牛并不渴,也许牛已经饮过,姑娘提水桶走的时候,她觉得:水桶,还是那么重;水,还是那么清。

只是明亮的水里,多了一张染红了的姑娘的笑脸……

雪中小站

羽毛般的雪花，在火车头喷出的白蒙蒙的蒸气中旋转着。

呵，这还不曾相识的小路，连站台都没有，怎么吸引了这么多的旅客？那从车厢中走出来的，有夹公文包的中年人，有穿羊皮氅的社员，但更多的，是些年轻人。小伙子还没等扛出行李来就唱开了，姑娘们像燕子似的，飞到雪地上，她们喘着气，水灵灵的眼睛转动着，仿佛在记忆中寻找那早已编好的形象……

小小的车站，你惊讶了。你从来没接过这么多的客人，你那碎石子填不平的场地，从来没有过这样的喧闹。你在对这些年轻人探询了："你们上哪儿去呢？"你知道，在电线杆那边，在山那边，村庄像繁星一样，土地能挤出油。

但是，年轻人没有回答，他们很快告别你了。你这小小的车站,只是他们新的旅程中的——第一站,也是最值得怀念的一站。他们还要沿着雪的道路前进。

祝福他们吧,小站!秋天,他们会赶着大车,把雪白的棉花,金色的王米,滚圆的大豆,都送到你的站台上。那时,你这儿会出现一个金的世界,一个银的世界。

他们渐渐地走远了。你目送着他们;忽然,你感觉到,在白茫茫的大地上,开放了一朵朵雪莲花。

白色的墓碑

在我念大学的校园旁边，有一座教堂，教堂后面，浅浅的草丛中，镶嵌着一座座墓碑。

方方的，长长的，竖立的，卧式的，各种颜色的大理石的墓碑，带着黎明或黄昏的雾气，带着那不可言传的美丽的神秘。

我有时来这儿轻轻地朗读，陪伴我的，是这些让人产生美的幻想的墓碑。

我有时挟起书本缓慢地流连。那些大理石上，刻着死者的生平；像一颗星，曳过平静的天空，它们对我而言遥远而陌生。但我总是仔细地读着碑文上的镌刻，像探索一个存在，像结识一个朋友。

很多墓石上都留有死者的照片，不是垂危的遗容，衰老或者痛苦的抽搐；不，那是死者生前最光彩的照片，象征着健壮，美丽，威严，它们让人联想，每一个在世界上度过一生的人，都有光辉灿烂的时刻，焕发的青春或沉思的老年。甚至一个孩子，一千多天的生命，都给人留下无穷的思念。

我在墓碑间漫步，它们并没给我一种死亡的悲哀，一种冷然的恐怖，而留存了艺术的美，一种对人生的诗的回顾，一种梦幻的辽远的伸展。

人，是那样的美丽啊，他们活着，死亡，都是大自然的精美的创造，是一次永恒的不可磨灭的闪耀。

天　鹅

在嘈杂的城市里,在被灰尘包围的公园里,蓦地,飘然降临了两对洁白的天鹅,栖落在温暖清莹的湖面。

这美丽的安琪儿,纯洁的小天使,是从哪儿飞来的?他们在天空盘旋了多久,他们和可爱的云彩商量了几次,才选中了这块土地?

也许,这里并不是他们理想的家园,甚至不配做他们的栖息点,这里没有肥美的草地,没有明净的清洁的空气,那不远处的汽油味,会使他们皱眉。

但是,这里有人,有那么多喜欢他们的人,那么多明亮的眼睛,那么多爱恋的手打着友好的旗。

这里的生活多么需要他们,需要他们那样洁白,温柔,相互怀着坚贞不渝的爱情,从他们的游动中勾起美好的回忆,去重建自己的大和小的生活方式。

啊——

在那个可怕的黄昏,有一双愚蠢的手扣出罪恶的子弹,让这块变得生气的湖面上泛开了殷红的血水,消失了一个洁白美丽的梦,没有人听到他们最后的歌声。

于是,那湖面再也没有洁白晶莹的波光幻影,变得像垂死那样寂静。那一对寻求新的安宁去了。而失去爱侣的天鹅,会没日没夜地寻找,不吃食也不喝水,然后在黎明前死去。

书

  书是我的一只美丽的小船。

  在人生的海洋里，它载着我，驶向许多奇妙的港口、岛屿，甚至是险峻的礁岩。

  无论在丽日还是有风的天气里，我和它一起，在碧波或恶浪中行进。仿佛有只看不见的手，指点着那些像海市蜃楼一样的风光人物，仿佛有个神奇的嘴，发出船底和波浪日夜荡出的水声，不停地给你讲生活中的哲理、幻想和各种各样的现实。

  这是一只不会沉的船，风浪不会把它吞没，大火也不能把它烧光，这是一只不知疲倦的船，它一直航行下去，不寻求任何栖息的港湾。

  在这只船上，我变得越来越清醒，我也变得越来越充实，而且和它一样，祈求更远更险的航行。

潮水轻轻地来了

潮水轻轻地来了,像一个年轻的姑娘,摇曳着蓝色的裙子,一步步走向海岸。

那轻拍海滩的水声是她在呼吸呀;那一汪汪水波,是她含情脉脉的目光呀!

她挎着一个奇异的宝篮,那里面有青翠的海菜,有彩色的贝壳,有海带、紫菜,还有细长的银鱼,明亮的珍珠呢。

她一路向前走,一路唱着歌,唱着乌云里风浪的歌,唱着海上水手对祖国的爱情的歌。那歌声好像是在探询,是在说:亲爱的海岸,我又来了!

呵,她终于停步了。她望着海滨,仿佛不认识这地方了。她告别海岸才不久,海滨变化这么大!那翠绿的滨海街上一排五角枫,是今天新栽的吗?那穿着天蓝色衬衫的休养员,是刚来自炉火熊熊炼钢车间吗?那一群

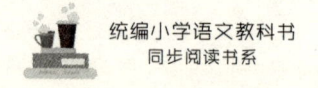

戴红领巾的孩子,是刚入队的吗?而在远方的烟云下,又在生产着什么新产品呢?呵,海边的风景,永远不停地变得更美好的风景,是谁在描画呢?

她多想永远留在这岸边,永远用她温柔的手,抚摸这海岸,抚摸这美丽的国土。

可是她又匆匆地走了。她要把所看到的一切,更快地告诉大洋彼岸,告诉那些白色皮肤的、黑色皮肤的、棕色皮肤的兄弟姐妹。告诉他们,在那一边,有一个多么美好的人民国家啊!

潮水轻轻地走了,留下了金色的沙滩,留下了晶莹的月亮,留下了海姑娘的一片爱恋之情!

第三辑　独轮车

独轮车

在我童年生活中,最难忘的是独轮车"吱——呀""吱——呀"的呻吟。

我的家乡是长江边上一个有名的米市,河网纵横,运输主要靠船。不管这船载重多少,吃水深浅,河流的慈爱的胸脯总托着它,不会使人有痛苦的感觉。但是独轮车就不然了。

这种独轮车整个是木制的,轮子也是木制的,大概外面箍了一层铁皮。木轮上驮着一个大木架子,两个长长的叉开的扶手,就是它可怜而丑陋的形象。其实,说它可怜是不对的,因为也就是它,成了我们小城运米的主要陆路工具。

想想吧,两侧的木架上,一边一袋米,就有四百斤重啊!推车的人先把拴在两个扶把上厚厚的布带套在肩上,像马套上轭一样,然后两手抬起扶把,这样独轮车

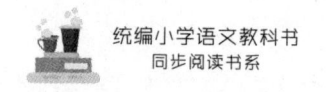

就和两脚构成了三点一个平面。从力学的角度看，这又是扁担的两头，虽然由于扶把长，轮子挑了大头，但推车人的肩膀上仍然负有相当的压力。而负重对他们来说，已变成次要的了。问题是推，要把这载重四百斤的没有轴承的木独轮车，在坎坷的青石板路上推向前进，其困苦可想而知。

我常常站在家门口看门前这长长的车队。"吱——呀"，"吱——呀"极滞长而沉重的声音塞满了我们那条小街，空气仿佛也凝住了。他们弓着腰，眼睛是浑浊的，但决不旁视，只盯着前面的路，米袋像小山坡一样妨碍着他们的视线；那两只手，叉开挺直地扶着车把，像焊上去的铁棍，肩上套的布带或皮带子把脖子拉成一条红红的深沟。他们的两脚也是叉开地前进，这样使平面更大，重心更稳，但步履也就更其艰难了。腿上的青筋像一条条红色的蚯蚓，随着他们缓慢的步子上下蠕动。

我久久地看着他们，怀着心灵中天然的同情去看着他们。但他们并不看我，他们只盯着前方。他们也不呻吟，也不喊号子，只憋着气往前推；他们不能走神，就像在走钢丝，稍一不慎，车失去平衡，马上就倒。我见过几个已上了年纪的推车人，车倒了，也把他们摔倒在一边。有一次，大约折断了腿，再也未起来，很久后被抬送到医院……

"吱——呀""吱——呀"，车队过得那么缓慢，比送葬的队伍还缓慢，简直就是一种蠕动。每转一圈，就要发出一声"吱——呀"的痛苦呻吟。

这条青石板路，因这些木独轮车的蠕动，碾出一条深深的沟，这样，轮子几乎像在槽子里行进。沟是很深的，下雨天没有车，我把脚伸进去，脚脖子都淹没了。很难想象，如此坚硬的青石板，居然被压出如此深的沟，需要这原始的工具多少次的轧磨，需要推车的劳动者付出多少代人的汗水，还有鲜血！

"吱——呀""吱——呀"，这声音既吸引了我，又使我很痛苦。那像绝望的呼唤，那像沉重的抗议，那像苦恼的宣泄，压迫我的耳朵。有一次我看着，忽然躲到灶间大哭起来，家里人莫明其妙，以为是谁打了我。我没有作任何回答，我幼小的心灵说不出这种痛苦的缘由。也许，我模糊地感到，是有人抽打了我，是整个生活在抽打着本该解下重轭直腰生活的人。

后来，我工作后重返家乡，这条路上的青石板已经

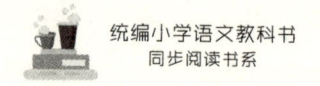

拆除，又重新铺过，再也听不到那"吱——呀"的独轮车声了。是因为没有了独轮车，人们不再需要这条沟——独轮车的路，还是因为路翻新了，没有沟的路不需要独轮车？总之，这路和独轮车都成了记忆。

　　当然，我在别的小城依然见过被独轮车碾过的青石板路的残迹，我常常仔细去寻那条沟，去想象那"吱——呀"的声音。我当然不是留恋，我只是因这独轮车的前进想起很多关于我们民族的事，比如在没有机械的条件下长城和皇宫的建筑，秦始皇陵的建造……

　　我茫然了，也许是一种伟大，但又是多么辛酸和苦涩的伟大啊！

妹 妹

她在这多姿的世界上，只活了一千多天。

对春天的蝴蝶来说，对河里的小鱼来说，这个时间是足够长的了，可是对她，一个可爱而美丽的安琪儿，是太短暂了。

那是在一个有雷雨的闷热的夏天，家里人说，妹妹死了，没有人来告诉我——她的哥哥，也是一个孩子的哥哥。大人和孩子有什么交谈的呢？我是偷偷听到的。

我不敢到那房间去，大人的哭声从那儿传来。那时候，死的概念对我很模糊，我也不懂得恐惧和悲哀。只是到了第二天，我再走进那间房子，想哄妹妹玩，才感到那空寂的可怕。我喊了一声，大人对我望了一眼。我默默地退了出来。

我在井边找到了一朵小花，我有些生气地说：为什么你，这朵花，秋天谢了，明年夏天又能再开呢？

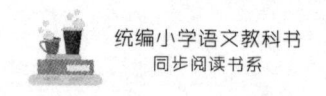

回答我的，只是幼小的我一颗泪珠的滴答声。

妹妹什么也没留下。她还没有学会拿笔写字。她大概对死更不恐惧，她只知道亲人的爱，一个哥哥的爱。她死在理性没降临到她身上之前。

后来，我再也没有了妹妹，但她在我心中，跟我上学、工作，她长成了大姑娘，但是我不愿再让她跟我往前走，那样她会逐渐成熟，甚至衰老。

她只活了一千多天，在这多姿的世界上！

斗蟋蟀的故事

建国前,在我的家乡——江南的小城,我们小巷子里几乎家家玩蟋蟀。家家床下都藏了好多盆,谁要乱动了,人家就会和你拼命。我七八岁的时候,瞎凑热闹,蹲在旁边看别人的蛐蛐两军开战,用捻子一撩,蟋蟀便起了斗性。会用捻子撩的,能让蟋蟀团团转,杀戒大开。两只咬起来,真有天旋地转、飞沙走石之势。

我一个邻居是国民党的逃兵,二十四五岁,无业游民,也参加了我们孩子玩蛐蛐的行列。他给我讲了不少蛐蛐的事。最厉害的蛐蛐叫红头将军,然后是白玉翅,还有大红袍、一点红、青玉都是有名的品种,有的一盆好蛐蛐能值万贯家私。抓蛐蛐不能只在院里抓,也不能在收割过的地裂缝中去掏,那都不是好蛐蛐。真的好蛐蛐藏在荒山的乱石中,尤其在棺材旁或棺材缝里。这使我大为恐惧又大有兴趣。但好蟋蟀与棺材、死人有什

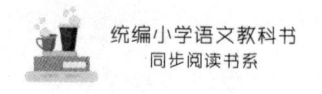

关系，理论上他未加以阐述。

有一天晚上我跟着他和另两个孩子出发到野外了。我们真的去了野坟荒冢。我们竖耳细听，寻找真正将军。星稀天低，秋风萧瑟，树影幽黑，添了神秘的恐怖感。我们带了罩子、竹筒、勾子等捉蛐蛐的工具，还有一只电筒，我们都有上战场并视死如归的气概。我运气好，抓了一只大的，而且我感觉是红头。我偷偷地灌进竹筒，准备明天作为保留节目出台。我的邻居也抓了几只。抖抖嗦嗦，熬了半夜，总算满载而归。

第三天上午，向一玩家挑战。我夸口说："我这只蛐蛐，放进盆，可能把你们吓死了，差不多就是红头将军！"

一放进盆，惹得所有人都哈哈大笑，个头是大，也是蟋蟀的模样，可不能开口，更不能厮杀。原来是个蟋蟀的变种油葫芦！

我邻居的放了进去，倒是真蟋蟀，一副好模样。见捻子也开了口，但见交战的对方却转了身，再用捻子捻过来，开了几口又收了，对方追，它就跑，双方竟始终交战不成。孩子们都笑了，逗邻居说："它跟你一样，是个逃兵吧！"

年轻的邻居放了一场高论:"夫逃兵者,有二也!一是以为此战不义,放弃也;一是以为对方档次不够,不屑为伍也。"这以后,那只被他称"黑玉豹"的蟋蟀,果真杀败了巷子里头号选手!这位大仁兄本人在几年后果然也成了气候,为江南一小富豪。

我信服了他。从此,我对"逃兵"也有了新的认识,不再一概以怯懦论之。

放鹅去

清清的水,照见小海梅的脸;泪水顺着她的腮帮子往下流,河里面像有小鱼儿翻起白水珠子。

姐姐放鹅去了,不带你去呀!放鹅的溜子船才小呢,轻的像纸鹞;小海梅,你还站不住脚跟呀!

姐姐放鹅去了。河那边有青草,有新割的稻田,有亮晶晶的天。小海梅,你也要去河那边放鹅吗?

姐姐放鹅去了。姐姐放的是大家的鹅。等你长大了,也去放鹅。那里,大家的更多了,你放吧,把河水都给染成鹅的颜色。

瞧,小海梅,河水掀起了波纹,是你在笑!你拿根柳条儿,在学鹅叫呢!

一朵朵白云从水底浮过来了。小海梅,那不是你放的鹅群吗?

卖菱角的姑娘

在我家的门口,靠着凋剥的墙角,有个卖菱角的姑娘。小小的竹篮,上面铺一块土蓝布,就是她的全部财产和希望。

她穿着洗得发青的夏布衫,像那时乡下女人一样,头上扎一块白布,系的结那样入时,看上去像一朵新摘的栀子花。她的面孔,秀丽而又端庄,虽然经过田野的风雨,肌肤却那样白皙,那眼神,那微笑,使人愿久久凝视。

在我幼年的眼睛里,她就是我想象中的仙女。

她摆在面前竹篮里的菱角也因她的容颜而发出光泽。那些菱角,有的血红,有的淡青,有的像紫檀,有的像乌梅,玲珑剔透,滚在上面的水珠,闪着琥珀的光芒。

那些菱角真美,如果用她那洁白的手一个一个挑给

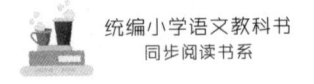

你，就会格外的甜美。

我喜欢买她的菱角，把家里给我的一点钱都递给她，并用我孩子的天真的眼睛胆怯地凝视她。而她，总是对我微笑。

我讨厌一些男人，用贪婪的眼睛轻佻地跟她嬉皮笑脸。我觉得，我要是长大了，有力气，一定保护她。

她肯定也喜欢我。有时在中午顾客少，有时卖完了菱角天色还早，她常常问我借带画的书，还让我念给她听，因为她不识字。

我那时一点也不懂，她为什么不上学，为什么不识字？这样美的姑娘，说话这么好听，应当能写诗的呀！

后来，她很久没来卖菱角了。奶奶说，她嫁人了。

后来，在一个夜晚，还是奶奶说的，她淹死了。也不知怎么的，就淹死了。

我于是变得沉默，我的眼睛常常注视着天空，第一次觉得在我的心里，少了一颗明亮的星。

伞

那一个春天的傍晚,我出校门,天下雨了。我把书包顶在头上。

你匆匆赶上来。你打着伞,轻声说:"一起打吧,我顺便送你回家。"

南国的雨是暖和的。雨点落在油布伞上,发出清脆的竖琴声。远处近处,是一片朦胧的青色。

只有雨声;雨声,和我们轻轻的喘息声。挨得这么近,谁都不好意思说话;也许,谁都不需要说话。

我在想,你总是学得那么好,你总是考在我的前面。我对雨发下誓言:我要超过你!风把我吐到舌尖的语言,吹到好远好远。我忽然看了一下你。

少年的、胆怯的、含情脉脉的一瞥啊!

流水的岁月,像云一样飘走,飘走了的,也有那把紫红的油布伞。

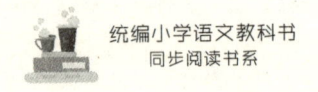

成熟了的蒲公英，往哪儿飞啊，只有不相识的风，毫无目的，把它带走……

我不愿再去追寻，也不盼望再见，不愿见今天和我一样的你，而愿意留存那个……油布伞下少女的倩影……

那双美丽的眼睛

有一阵子,我常到一家小饭铺去吃午饭。那儿比较僻静,周围是四合院,卖早点的多,中午便门庭冷落了。不拥挤总是一种愉快吧!吃着辣凉面,随意地张望。我的目光偶尔和别的顾客或服务员相触,对方似乎也报以微笑,甚至轻轻一点头。我的食欲仿佛也好起来。我多么喜欢和那些给人以喜悦的眼睛相视啊!

一个戴深墨眼镜的年轻人引起了我的注意。他总比我来得早,坐在屋角,脸上常挂着微笑。每当我看过去,总以为他在准备和我说话。他面前放个小半导体,放着不大的声音。有时,吃完饭还静静地坐着。这时,我又觉得他有些忧郁,我在想,可能是个"待业"青年吧!

他穿着很干净,也很漂亮,似乎对色彩很讲究,却没有丝毫的轻佻。有一次,旁边一个顾客不小心把汤泼

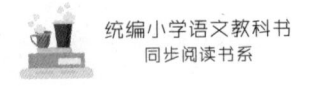

溅到他衣服上，那人正不知所措，他反而主动去安慰对方："没事，不要紧。"说着自己掏出一块手帕，缓慢地擦着。我很少见到这样心地的年轻人。

一天，我凑过去，他的半导体这时在播学英语，我搭讪着问他："你在学外语？"

他顿了一下，发现了是我问他，摇摇头："我学不了，随便听听声音。"

"有工作吗？"我说出时便感到有些鲁莽。

"有啦，糊纸盒子！"我开始以为他这么大声回答是出于一种不满，其实不是，他很快讲起糊纸盒子的过程，双手翻飞起来，像弹着琴键。他说话时手指也像在说话。我很喜欢他那充满深情的样子，是一种对工作和劳动的热爱。他始终没有摘下眼镜，但我从他漂亮的脸型上猜想他一定有一双明亮而美丽的眼睛。

但是，我想错了。就在这一天，我和他一起离开小铺，才发现他拿了根棍子，虽然是很漂亮、很讲究的一根棍子，原来……我明白了一切，执意要送他。但，他握了我一下手，转身走去。他的步子真轻快，仿佛世界没有给他任何的阻拦与不便。

又过了些时候，我看见他和盲人姑娘在一起吃饭。

他似乎不断透过墨镜深情地望着她，还娴熟地用筷子给姑娘夹菜。那姑娘没戴墨镜，不时眨着眼睛，那秀丽的脸庞上露出一种甜蜜的幸福。我相信，这时候，他们互相能看清对方的。

我常常想，世界是这么美好，色彩是那么绚丽，活着的人如果失去一双明亮的眼睛，会是多么悲哀。但是，如果灾难真的降临到一个人的身上，让他从此失去光明，那么，美好和勇气依然会使他战胜黑暗，甚至帮助他寻找到另一种永恒的光明——心灵的光明。那双眼睛依然是美丽的。

我目送他们离开小铺。他搀着姑娘，脚步更轻快了。在微微的风中，他俩的鲜艳的衬衫和裙子飘着，带着一种异常明快而富于幻想的色彩，并没有因为穿的人看不见而失去光明而黯淡或减色。

雨的四季

我喜欢雨,无论什么季节的雨,我都喜欢。她给我的印象和记忆,永远是美的。

春天,树叶开始闪出黄青,花苞轻轻地在风中摆动,似乎还带着一种冬天的昏黄。可是只要经过一场春雨的飘洒,那种颜色和神态是难以想象的。每一棵树仿佛都睁开特别明亮的眼睛,树枝的手臂也顿时柔软了,而那萌发的叶子,简直就起伏着一层绿茵茵的波浪。水珠子从花苞里滴下来,比少女的眼泪还娇媚。半空中似乎总挂着透明的水雾的丝帘,牵动着阳光的彩棱镜。这时,整个大地是美丽的,小草似乎像复苏的蚯蚓一样翻动,发出一种春天才能听到的沙沙声。呼吸变得畅快,空气里像有无数芳甜的果子,在诱惑着鼻子和嘴唇。真的,只有这一场雨,才完全驱走了冬天,才使世界改变了姿容。

而夏天，就更是别有一番风情了。夏天的雨也有夏天的性格，热烈而又粗犷。天上聚集几朵乌云，有时连一点雷的预告也没有；当你还来不及思索，豆粒的雨点就打来了。可这时雨也并不可怕，因为你浑身的毛孔都热得张开了嘴，巴望着那清凉的甘露。打伞，戴斗笠，固然能保持住身上的干净。可光头浇，洗个雨澡却更有滋味，只是淋湿的头发、额头、睫毛滴着水，挡着眼睛的视线，耳朵也有些痒嗦嗦的。这时，你会更喜欢一切。如果说，春雨给大地披上美丽的衣裳，而经过几场夏天的透雨的浇灌，大地就以自己的丰满而展示它全部的诱惑了。一切都毫不掩饰地敞开了。花朵怒放着，树叶鼓着浆汁，数不清的杂草争先恐后地成长，暑气被一片绿的海绵吸收着。而荷叶铺满了河面，迫不及待地等待着雨点和远方的蝉声，近处的蛙鼓一起奏起了夏天的雨的交响曲。

当田野上染上一层金黄，各种各样的果实摇着铃铛的时候，雨，似乎也像出嫁生了孩子的母亲，显得端庄而又沉思了。这时候，雨不大出门。田野上几乎总是金黄的太阳。也许，人们都忘记了雨。成熟的庄稼地等待收割，金灿灿的种子需要晒干，甚至红透了的山果也希

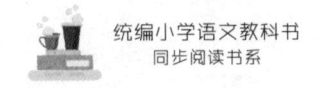

望得到最后的晒甜。忽然，在一个夜晚，窗玻璃上发出了响声，那是雨，是使人静谧，使人怀想，使人动情的秋雨啊！天空是暗的，但雨却闪着光；田野是静的，但雨在倾诉着。顿时，你会产生一脉悠远的情思。在人们劳累了一个春夏，在收获已经在大门口的时候，多么需要安静和沉思啊！雨变得更轻、也更深情了。水声在屋檐下，水花在窗玻璃上，会陪伴着你的夜梦。如果你怀着那种快乐感的话，那白天的秋雨也不会使人厌烦。你只会感到更高邈、深远，并让凄冷的雨滴，去纯净你的灵魂，而且一定会遥望：在一场秋雨后将出现一个更净美、开阔的大地。

也许，到冬天来临，人们会讨厌雨吧！但这时候，雨已经化装了，它经常变成美丽的雪花，飘然莅临人间。在南国，雨仍然偶尔造访大地，但它变得更吝啬了。它既不倾盆瓢泼，又不绵绵如丝或淅淅沥沥，它显出一种自然、平静。在冬日灰蒙蒙的天空中，雨变得透明，甚至有些干巴，几乎没有春、夏、秋那样富有色彩。但是，在人们受够了冷冽的风的刺激，讨厌那干涩而苦的气息，当雨在头顶上飘落的时候，似乎又降临了一种特殊的温暖，仿佛从那湿润中又漾出花和树叶的气息。那种清冷是柔和的,没有北风那样咄咄逼人。远远地望过去,收割过的田野变得银亮,没有叶的枝干,淋着雨的草垛,对着瓷色的天空,像一幅干净利落的木刻。而近处池畔里的油菜,经这冬雨一洗,甚至忘记了严冬。忽然到了晚间,水银柱降下来,黎明提前敲着窗户,你睁眼一看,屋顶,树枝,街道,都已经盖上柔软的雪被,地上的光亮比天上还亮。这雨的精灵,雨的公主,给南国城市和田野带来异常的蜜情,是它送给人们一年中最后的一份礼物。

啊,雨,我的爱恋的雨啊,你一年四季常在我的眼前流动。你给我的生命带来活跃,你给我的感情带来滋润,你给我的思想带来开阔。只有在雨中,我才真正感到这世界是活的,是有欢乐和泪水的。但在北方干燥的城市,我们的相逢是多么稀少!只希望日益增多的绿色,能把你请回我们的生活之中。

啊,总是美丽而使人爱恋的雨啊!

小 河

1

在江南水乡生活过的人,是幸福的。

因为有那么多的小河(真像蛛网一样密啊),因为有那么多比任何路都平滑的小河,因为有那么多载着云彩、蓝天并充满奇丽幻想的小河……

大地不再是静止的图书了。小河是它的肢体,舞动起来;是它的嘴巴,发出唱歌的声音;是它的眼睛,滴溜溜地寻找着一切。

大地也因而有了色彩。小河日夜滋润着它,使它泛青,变绿,转红,小河像奇妙的幕布,每一次拉开,两岸就变换一番景象。小河是大自然的美容师,任何的干瘪、皱褶、粗糙、皲裂,小河都能使其舒展。无花的大地,在小河旁是不存在的,那么,在这种活跃、葱郁、绚丽的氛围中生活的人，会没有美丽的外貌、性格和气质吗？

那水的灵气是无所不在的。呼吸它吧，啜饮它吧，让它浸透到自然和人的每一个细胞和毛孔中吧！（这是幸福之泉啊……）

2

船往往就靠在家门口。

扛一把桨出来，解缆划桨，你就完全自由了。

往东，朝西，转南，向北，你随意去划，没有死胡同，也没有堵塞的路。这里的河流像人体内的血管一样，从极细的毛细血管也会通向心脏。你可以造访许多村庄，看望很多你想见的人，甚至不用上岸。当然，你也可扬帆远去，到一个小城，或者索性驶进大江、大湖。

你的心情是极其畅快的，你不用担心下雨，你可以躲进小船里，晚上就睡在舱板上，还可以生火做饭，温上一壶酒……

这时，船是一个家，小河就是你的世界……

3

谁能忘记水乡的少女？

她们的灵秀是天生的，是清粼粼的水浇铸出来的。

她们的面庞白里透粉色，细腻的皮肤像河水那么平滑，眼睛乌黑透亮，那柔美的发或绾成髻，或打成辫子，或随意地披在身后，都像云、像浪那样细软。

而她们的神态呢！她们在夏天赤着足，轻盈得有如莲荷摆动。她们会灵巧地撑起溜子船，赶着一群雪白的鹅，她们也会爬树，样子楚楚动人，当她们采桑回来的时候，像轻风下一支支歌曲。

她们习惯了这水，这绿色的村庄，她们很少出门，对采访的客人总报以羞怯的微笑。

忽然，一个少女从绿荫草丛中探出头，你顿时感到，眼前绽开了一朵鲜艳的花。

黄昏，从遥远的地方传来一声清脆的回答："来啦！"像一阵银铃的颤动，仿佛真的从水底跃出，滴着一颗颗的水珠……

4

我爱月光下的小河。

南国的月，本来就是温柔的，更有这清莹莹的水，小河和月光都分外妖媚了。

只有几片云彩的夜，几乎是没有风的，水面像一块完整的墨绿的玻璃，在有月光照耀的地方，呈现出一条白色的玉带，像河中之河——那么，船驶进了那条月光的河，会到月亮中去吗？

这时，鱼儿怕也睡了，水草也睡了，河滨飘荡着神秘的静谧的气息，甚至连河上的水鸟也都找不到踪影。

仿佛是一种期待，一种思维放松后才能出现的那种思想。从河上轻飘而来的月光，只朝你望一望，没有任何的打扰。

这时，只有在岸边树影下的草丛里，偶尔能传来几声虫鸣，对月光和小河发出隐约的倾诉。

5

河上的欢乐是最美的欢乐。

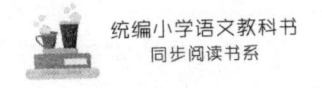

站在船头,唱一支心爱的歌。歌声在飘动,两岸的景色仿佛随着歌声在变幻。陆地上什么舞台能有船上的舞台这么广阔、自如呢?

怎能忘记家乡清清的小河哟
杨柳依依,桃花染红了波浪
燕子呢喃,衔来多少明媚春光
微风吹着细雨
送白帆飘向远方……

我的家哟,你常在我梦中出现
我的家哟,思念如此绵绵
什么时候,我又能回到你身旁
像朵白云,自由自在地流浪

唱歌的人和船儿一起走了,歌声留在河上,波纹的唱片,慢慢地旋转,一圈圈,把那甜甜的秘密,旋进河的深底。

谁扔过来一枝杜鹃花,瞧不见那人的脸,只感觉到温暖的微笑;于是河中心又旋转开新的唱片,仿佛是对那远去歌人的回答……

6

我的思维,你也像家乡的小河一样灵活、美丽、自由吗?

你也有辉煌的太阳照耀着,也有和煦的春风吹拂,也飘来绵绵的细雨,滋润那看不见的细胞。

常常是无风也飘荡起波纹,在白天有着严肃和轻快的思索,在夜晚有痛苦和幸福的梦。这无数神经的小河,密密交织,跟着我走向我们的生活。

它没有决堤的危险,它只担心枯竭,它喜欢涨满一河春水,扬起所有的帆;它甚至不企求避风的港湾,如果有那么些码头,那只是为了转运和卸装。

让一切我喜爱的美都驶进我的小河里,让我们在思维的河水里默默地交融。

7

我记忆中的一切美都来自家乡的小河。是它哺育出

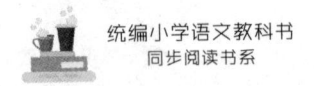

我思维的小河。

　　它是我感受和创造的源泉啊!

　　南国的细雨,轻飘飘地,在每一条河上织成一挂令人神往的丝网!

森林里的夏天

谁没有在夏天去过森林，哪怕只度过一个白天或一个夜晚，他就不会真正懂得夏天！

沙漠上有夏天，可砾石烫得可怕；大街上也有夏天，可只能见到汽水和冰淇凌；海滩上也有夏天，太阳照着迷人的海水，但并没有完全展开夏天的魅力……

那么夏天在哪里呢？夏天的秘密就藏在森林里，只有在那儿才能窥视到它的全部美丽、神奇，才能听到它的各种旋律、光彩是那样的新异。

啊，到处都是绿，欣欣向荣的绿，这奔放而不可遏制的绿，包围着你的视线和呼吸。从脚底的苔藓，到杉树高耸的伞盖，一层又一层的绿，奇丽的绿的建筑，像幻影，却又是真实的。这时，从炎热中来的你，会有什么感觉？这不仅是一片绿荫带给了你凉爽，更是那整个的绿——绿的云，绿的丝绒，把你整个身心都融化了。

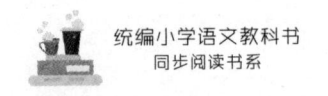

轻盈的绿的流动，不断地纯净着你，排除你的杂念和烦恼，滋生出像叶绿素那样美好的希冀。

但这儿，仍然是不折不扣的夏天，它充满了热烈和夏天特有的使人感官开放的气息。头顶上的太阳依然发散着炎热，可光线的翅膀一接触到绿枝，就像驯服了的鸽子的翅膀，温柔而可爱。在各种线条和形状组合成的枝干、果实和绿叶中，错错落落的阳光悄悄地洒下来，像飘落的花瓣；忽然，从一点叶的缝隙中，它照射过来，微风摇动树叶时，它又变成一注瀑布，偶尔又显出彩色的虹……

最吸引人的还是那奇妙的声音。你会从看不见的地方，听到各种各样清脆的鸟鸣，有的像轻快的笛声，有的像柔美的小提琴，有的像幽怨的单簧管，可当你抬起头，却看不见这些可爱的小鸟，它们藏在密密的树枝里，森林舞台都没揭开幕布呢！还有蝉的鸣叫，蝴蝶扑动的嗞嗞声，都和绿叶发生了共鸣，产生了愉快的乐音。忽然，你又听到溪水淙淙，似乎就在眼前，又仿佛很遥远，这声音和着整个的森林交响乐，像竖琴，在一片绿色中颤动，它在不停地呼唤着：爱吧，这瑰丽多彩的夏天！

这一瞬间，生活好像变了：你的生命和理想，就像眼前的一片葱绿，像泥土不断喷出幼芽，也加快了节奏，展开了翅膀，去寻求乐观、奔放和热烈，并把你感受到的夏天的全部美丽注入你的最崇高的信念！

四月，柑子开花的时候

四月，柑子开花的时候，风也变甜变软了。

整个山城，沟边，河畔，灌满那清香沁人的气息。风慢慢地吹着，像有蒲公英的绒球挠着你的脸，像展开柳叶的枝条，搂着你的脖子。然后在你面前，打开一瓶淡淡的蜜酒。

四月，柑子开花的时候，漫山的白花是那样清新美丽。

土黄的山城一冬是黯淡无光的，此刻变成了碧绿的海洋。在习习的微风中，荡开丝丝的涟漪，而白色的柑子花，恰似一朵朵细碎的浪花。它向着湛蓝的天空，向着泥喃的燕子和黄鹂，诉说着春天的消息。

四月，柑子开花的时候，穿花衣的姑娘们在绿叶中闪动。

她们忙着喷药，施肥，还有剪枝。她们手脚那样小心，生怕碰掉一朵花，因为那就是秋天一个金黄的柑子呀！清甜的柑子花香，把她们的歌声也染甜了。

四月，柑子开花的时候，我们的心也在开花，吐露着我们幸福生活的芬芳。

卖烤白薯的老人

伫立在料峭的北风中——没有一顶挡风的棚,也没有一片瓦檐。

大自然的风霜,在他的脸上,犁满了深深的沟;两只手,被炭火熏成橡树皮的颜色;粗长白眉的眼睛,流动着朦胧的黄浊。

但那和善的招人的微笑,还是充满了生气,一点也没有衰老。

简陋的泥糊的铁筒,烤得松软喷香的白薯,给冬天的大地,增添了温暖的气息。

他伫立在风中,没有丝毫冷的样子,他吆喝着:"热乎的烤白薯啊!"

在冬天,在雪花的飘落中,这老人的和善的微笑,这憨厚的吆喝声,有时在我梦中出现。

有一次,孩子问我:"那老爷爷卖的是什么?"

我说:"是温暖!"

回　忆

啊，为什么回忆这般固执？这般狂热？

它追逐着你，在每一闲暇的时分，如早晨的湿润，如淡淡的紫罗兰，如轻盈的脚步，无声地向你袭来，包围了你的感官。

于是，在一种甜蜜而怅惘的气氛中——

生活中每一环节的火花，那短暂的邂逅，那淘气的勇敢，那漂流的小河上的一朵微笑，那变得遥远的叮咛，都会带着奇幻的色彩，似深沉而温暖的大提琴，伴着屋檐下的雨声，飘然而逝。

因失去而痛苦，因再现而幸福。

随着年轮的扩大，绿叶一次又一次的凋零，蓝色的天空更接近了，也变得格外开阔。

逝去的生命也一样，模糊的变清晰了，浑浊的沉淀得净化了。回忆越来越固执地拽着你细细地思索以

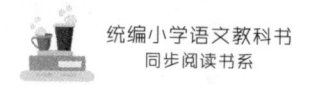

往……

　　但是我总是轻轻地把它驱散,我宁愿对它说——请悄悄地等一下——就断然和它告别了。此刻,我愿把时间交给匆忙,交给现实,交给正在制造新的记忆的现实。

　　我会在衰老的时候,陷入完全孤独之中的时候,再去把回忆聚起,像打开珍藏的金币,怀着一种吝啬,一枚一枚地细数。

　　即使我于衰老前死去,没有来得及去回忆,那我也不懊悔。

端阳的龙舟

只有这一天,家乡的河最有生气。

还是那样的浑浊啊,但彩色的龙舟,仿佛来自云端,给这条河流荡出一千种色彩的波光。

还是那样的浑浊啊,但赤膊的古铜色的皮肤,一排排拿着桨的手,给这条河流带来青春的欢笑。

搽着雄黄酒的孩子,点着胭脂红的姑娘,拿着菖蒲剑的小伙,甚至执着苦艾的老人,都挤到这条河岸,真正的万头攒动啊,真正的生命的磁石,吸住了这座小城。

披红挂绿的龙头,像一个绚丽的光球,飞速地滚动,狭长的龙舟,剪开一道水波,给人间裁出最美的丝绸。更有那细长的竹竿,把龙尾的人一会儿弹上半空,一会儿又送入水底,燕子掠水一样轻盈,带走无限遐思的幻影。

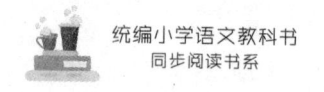

这时候,河上的龙舟比蛟龙出海还要风光,舞动的彩绸,又如散花的女神。阳光和力的雨,在河里飞洒。

划呀,划呀,划呀!

所有岸上的人都在喊叫了,锣鼓、口哨声和鞭炮腾起波浪,而河中龙舟上那些擂鼓的巨手,一次鼓动就响起一阵沉雷,仿佛整个天宇在摇晃。女娲补天的彩石纷纷散落。陷在狂欢中的人,并不担心世界的末日。

划呀,划呀,让所有肌肉的细胞都聚到桨上,让船像一支出弓的箭,让船被划得离水而起。划呀,划呀,让生活腾空扶摇直上,让欢乐永远飞掠过彩色的水面,让奋进的追求鼓动起每个人的龙舟!

啊,也许在我灵魂安息之前,我还会怀念一次这狂热的充满生活气息的瞬间。

遥远的吉他

一个寒夜，电车玻璃窗上挂满了霜的寒夜。

他走着。风像冰冷的铁针，刺着脸；星星被冻住了，连眼也不眨一下。石子路上，只有他笃笃的脚步声。

一辆马车从他身边掠过，车灯是那样昏暗。

他走着，他要去寻求温暖……

那一扇门打开了，灯光像乳白牛奶，吐着红舌的壁炉像摆尾巴的小狗，热流包围了他。一个老人欠身拉着他的手，并不突然，没有勉强，泉水一样真诚的微笑；一个姑娘倚在窗前，弹着吉他。

温暖的加糖牛奶，熟悉的眼神，搅拌着沉默。

这时，吉他的声音仿佛从幽远的白雪的林中传来，一阵寒气，很快被浑厚的低音的温暖所溶化。老人在唱着《三套车》。有节奏的吉他伴奏，仿佛像辗着冰雪的

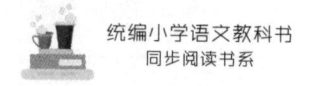

车轮，空对着荒漠的月亮。

他不知道琴声什么时候结束的，不知道什么时候离开这扇窗户。像彗星一闪，记忆只有一次。

吉他的声音越来越远，却又仿佛越来越近。

山里的邮局

像一朵带着露珠的小花,你开在翠绿的山坡上。

顺着垦荒队员的脚印,小小的邮局,你就从山下搬上来了。

每天早晨,透过迷离的薄雾,你就注视着山上垦荒队员的身影。你看见,在垦荒队员的忙碌的身影里,山在迅速地变换着新衣裳。那边,又出现了一座座整齐的小房子,那边,一畦梯田又在雾中闪光了;那边,伐木者的锯声像清脆的鹧鸪的叫声;那边,昨天新开辟的空场上又竖起了篮球架。

而你,总是用绿色的邮包招引着他们,鼓舞着他们;你坐在山坡上,仿佛在说:祖国的亲人都在这里,瞧着你们呢!读吧,草原上的头条消息;听吧,呼呼的风号声;闻吧,南海上带咸味的风⋯⋯

呵,电线杆就要在你的后面立起来了。那一组组的

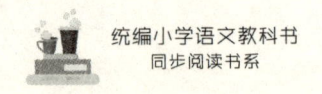

电线挂在空中，多么像一道道彩虹，那时候你就可以用最快的速度，把这里的新闻传递出去。

只有到了太阳落山或星星出来的时候，垦荒队员才相继而来，对你倾诉他们的一天，而且拜托你寄出去——

那梯田的芳香，那山中的白云，那青翠的绿叶，还有那对祖国的火一样的爱情。

第四辑　海滨月光路

海滨月光路

我顶着中秋的明月，漫步在细软的沙滩上。

海滨很少有游人了：既是秋天，又是夜晚。那夏日的喧闹，炙热的阳光，仿佛随着海水，流到了遥远的那一边，留下被潮水摸平的沙滩，没有一丝痕迹。

天空飘着片片白云，偶尔也混杂着些乌云，没有风，看上去像贴在那里一动不动。星星也比盛夏稀疏了，而且显得细小苍白，只是东方升起的金星，在一派起伏的西山轮廓侧面，异乎寻常的明亮，似乎有些发红。

月亮已快浮上中天了，显出一种典雅而又娴静的姿态。"月到中秋越皎洁"。在晴朗、纯洁的蓝玻璃的空中，她像是被海水擦洗过的，发出水粼粼的青光。这时，整个大地，黑黝的山峰，广阔的大海，冰冷的礁石，仿佛都等着她的照射，渴望着她的光的手掌的

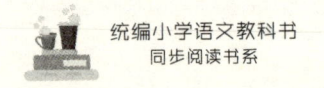

抚摸。

我极目向海的地平线望去。奇怪的是，并不是整个海面都充满光辉。月色只洒出一条水流，远远地，像一条碎银铺出的路，在波光的抖动中，充满着迷人的海的梦幻。

大海的另一面依旧是墨绿的，好像不接受月亮的恩赐。可是当我又向前走出去很远，我眼前的月光路又转移到了这一边，我几乎感到一阵欣喜。

潮水是月亮的吸引。十五的圆月吸引力也许更大些，我脚下的潮水显得比前两天更急促了。依然没有风，但海水似乎摇晃得更厉害，远远的，潮水就开始碰撞，然后冲向沙滩，留下一堆泡沫，在月色中闪着白雪的光芒。当撞击到岩石上的时候，刹那间绽裂如碎玉，像拥抱着月亮，又归入大海。永远是这样，来了又去，去了又来，可是月亮却似乎一动不动，像个骄傲的公主，勾动着这大自然的变幻。

在透澈的月色下，一切都变得清柔、纯洁起来：海滨的杨树、松树、远处近处的房屋、远方打鱼人的灯火，都像童话中那样美好而又纯真，都像沉进了一个甜蜜而又温柔的梦。

这时，我轻吟着苏轼《水调歌头》中"但愿人长久，千里共婵娟"的诗句，我觉得我的心地也变得更纯洁了。是的，在坦荡的月色下，在不存任何私心的大自然的怀抱里，一个人如果放弃对美好、纯洁的追求，如果缺乏坦荡的胸怀，会是一种痛楚。

海岛集市

海岛上的集市，是一个奇妙的海产展览会。

在这里，一切都是闪光的；在这里，聚集了各种各样的色彩；在这里，绝大多数商品都来自海里。

鲜红的对虾，染上了太阳的光华；细长的带鱼像一条条银色的丝绸；螃蟹吐着泡沫，从筐里爬了出来；而光亮的贝类，像一层又一层的浮云，在眼前闪动。它们都是刚刚被捕捞上来的，飘着海水的咸味，带着海水的清凉。

在这里，一切都是那样的朴实，简单；没有明亮的橱窗，没有整齐的柜台。商品都放在筐里，篓里，有的就铺在几片宽大的叶子上。但是，这里的集市却是热闹、喧嚷的，海岛渔民特有的粗犷的笑声，使集市充满喜悦和欢乐。

呵，海岛的集市，你的鲜艳，你的多彩，恰如那美丽繁荣的都市，你的朴实无华，就像海岛人的性格。

呵，海岛的集市，你显示了大海富有，你也告诉我们，只要有勤劳的双手，聪明的头脑，大海就永远是慷慨的……

潮　声

夜墨黑墨黑，海和沙滩都像沉进一口深井。

没有月亮，也没有星星，甚至远方的航标点，仿佛也罩上墨绿得像海水的眼镜。

没有风声，也没有雨点，甚至在头顶，看不见一片乌云的流动。

是那样的沉静而又寂寞的海滨之夜啊！

但这时，潮水仍在响，仍在有节奏地拍打着。

像在黎明的山谷，苏醒的小鸟发出清脆的啼鸣；像在无边的沙漠中，听到远方一声清泉的淙淙；像在下着雨的深夜，母亲听到她游子归来的足音。

那是大海的呼吸；那是生命，是生命的不倦的呼唤！

于是，我觉得，黑夜的海滨并不寂寞，也不寒冷……

于是,我觉得,我自己的呼吸和足音,也溶进了这大海的永恒的潮声!

海上微雨

只有靠在栏杆上，才能感到风中的雨滴。

灰白色的天空和灰白色的海水，拉起一条柔软的雨丝。

波浪的澎澎吞没了雨声，也吞没了雨滴。

我把手伸出去，承受那冰凉的水珠。

虽然在海上航行，虽然艰前总是茫茫的水，不知怎么，还是喜欢天空的雨滴。

是想回忆春天的田野，还是希望这些微弱雨点，去冲淡无边无际的海水的咸味？

海之幻

童年的时候,我就憧憬大海。

在我的心灵中,它充满了难以想象的魅力:浩瀚无际,水波蔚蓝,犹如璀璨宝石;而水下,更是绮丽的世界,五光十色的鱼在游动,它们不作声,却是那样地自由,展现着自己的风情,还有珊瑚织成的宫殿。当然,我也懂得海上的风暴,但我却觉得那更有兴味。是啊,如果能漫步海边,如果能乘上海轮……

但是,我生活在水网交错的江南小城。家庭的贫寒使我不可能有旅行的机会,虽然海边离我家也不过半天火车的旅程,这种愿望却一直只能停留在书本、美术、电影的观赏与想象之中。

工作以后的第一次探亲假使我有海上旅行的机会。我决定乘大连到上海的客轮,路途虽比火车远些,但全程票价反而便宜了。至于时间,对我来说无所谓,在当

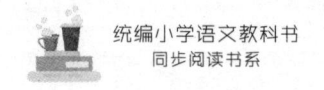

时年轻的我的感觉上，探亲只是变相的旅游。

第一眼看到海，我几乎屏住了呼吸。我为这种真实的辽阔无际和那毫不掩饰的姿态而震撼。然后我贪婪地咽着海风，任其清凉的咸味灌满我的身心。

我在四等舱里找到我的铺位，便顺手把旅行包一扔，甚至没坐下，就匆匆来到甲板。我要和大海尽可能多生活每分钟。船驶出防波堤后，出港的守护灯塔慢慢遥远，岸边的建筑也渐渐模糊。这时，原来让我感觉很大的海轮变得越来越小，几乎像一片树叶，而且无依无靠。

"大学生，你是第一次坐海船吧？"

一个柔和的声音从侧面飘来，我转身，看见一个离我约一米多远靠在船舷上的女人。四周没有别人，我想，她竟是和我说话的。我不想解释我已从大学毕业了，虽然，我的身上充满了学生的寒酸味和好奇心，使她有这样的判断。

我礼貌地报以微笑，随便"嗯"了一声。我不想用谈话打乱我看海的兴致。

"这是渤海湾。海面平静的像湖，不是吗？"

她说话的声音很甜美，使我不得不侧身又对她微笑了一下。她只穿了件绛色的毛衣，完全不在意略带寒意的海风，她的脖子完全裸露着，有那种阳光的颜色。奇怪的是她脖颈上还套着项链，和当时的时尚似乎并不协调。她的头发有些卷曲，也许是烫过的，被海风吹得很杂乱。当她优雅地掠头发时露出她那蛋形的脸和乌黑的眼眉，给人更潇洒的感觉。她当然比我大，这从她和我说话的口气就可断定，但我也猜不出她的年龄，也许二十六七岁，也许更小。

我仍看着海。美丽的渤海湾确实比书本的描述更美。海面像一幅颤动的蓝丝绸，越是往远看，那平静的透明的蓝色越是不可思议，和天空浑然一体，分不出海平线。此刻，只有些微的海风吹着，偌大的渤海确实像一座娴静的湖泊。

"是不是太平静了？太平静是不是就不像海？"

初涉海的我只想感受，也只能感受，无法作任何分析，不想作哲理的探讨，当然，也不具备这方面的能力。刹那间，我觉得她像个女老师，而我又回到中学时代，果然她继续说：

"渤海湾是中国黄金的海湾，世界也少有。大连、旅顺、天津，还有北戴河，都包在她的怀里。渤海像平放

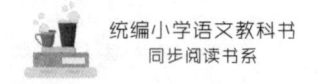

着的项链，穿着一串明珠。整个渤海下面埋着多少宝藏，地质学家也说不清。"

她几乎像广播似的朗诵，但声音很真切，像和一个很熟的人谈天或自我倾诉。我几乎被吸引了，却找不到什么话应对。

"我们的祖国真大、真美。"她把这句话抛向海风，脸完全朝向了大海。

"是的，很大、很美。"我像回声似的应了一句。

黄昏的太阳在落下去，水面上流动着金片。鸥鸟仍旧在追逐着轮船，白色的翅膀也变得亮晶晶的，呈现出各种颜色的幻影。四周异常安静，只有船上柴油机的突突声和船尾舵划出来的浪花声。

我又全神贯注着眼前，静谧的海，那盈盈的蓝波和神秘的远方使我进入恬静的想象世界。

待我再回首时，发现甲板上又只有我一个人，那个女人不知什么时候已经走了，或者根本就没来过。

我任意地在甲板上漫步着，我觉得，我被整个大海包围了。此刻，在悠悠天地中，只有我和大海是存在的。

匆匆吃罢晚餐，我又跑到甲板上。这时，甲板上的人开始多了，为了消食，也为了观赏月色。此刻，我不喜欢熙熙攘攘，便又躲进阅览室，默默地读起我随身带的那本《洛尔伽诗抄》。

大概已经很晚了。我重新步上甲板。微寒的海风已经把海的观众都吹进了船舱。我知道，绝大多数乘客是为了赶路，不是看海。他们宁愿躲在船舱里躺着或者嗑瓜子，谈天说地。

这时，天气有些转阴，月亮早被云层遮住了，但大海依旧平静。远处近处，都笼罩在墨绿之中。偶尔，也有一两处闪着水波的亮色，那可能是透过云隙的月光造成的。这时，大海更沉入不可猜测的苍茫境界。

有一丝隐约的歌音，仿佛从海面的雾中升浮上来。那是很熟悉的苏联歌曲《卡秋莎》的旋律。我轻步朝那方向移去，依稀辨出那是个女人，便在稍远一些的船舷旁驻足。在寥寂的海上，这细微的歌音也很真切，而且确实具有异常的魅力。

还是那穿绛色毛衣的女人先认出了我，很坦然地走近："大学生，你一直待在这甲板上？"

"对不起，我听你唱歌了。我在大学里也很喜欢这支歌。"

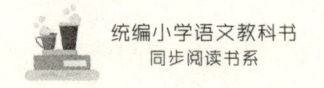

"我不会唱歌,只是一种情绪罢了。没想到,你这么喜欢海。我小时候,是在海边长大的。也许接近太频繁了反而麻痹了,不过我也有三年没看到海了。"

我们谈话稍微自然了些,因为是夜晚,看不清对方,我不再窘于她那目光,便开始说起自己对海的感觉。

她告诉我,她学的是地质,常在荒山野岭里跑,她说,她爱海,却又选择了山。也许,这是命运所驱使。不过,她说,其实山野也是海,那种雄浑的气质是相似的。而且,海水下面也是无数座山峰组成的。也许,等我们国家发展海上地质勘探的时候,她会又漂泊在海上的。

她笑了。在朦胧的夜色中,她散发着女性的魅力。她神态优雅,语音柔美,使人很容易进入一种温馨的世界。也许她把我当作孩子,或者我们谈得很自然,她告诉我,她已经三十岁了。她淘气地伸了一下舌头,说:"你懂吗?三十岁对女人来说是个黑色的年龄。"

"我认为年龄本身没有意义,主要在于感觉。"我装作哲学家的样子说了这么一句自己也不知从何处学来的话。

"不过,我不急于结婚。我爱山,更爱海。……"

突然的,一阵风浪打断了声音,我们也都陷入了沉默。墨绿的水花似乎在旋转,贴着船面,落下了又扑上来。

"明天就要起风了,你会看到真正的海。晚安!"她说这话的时候,已转身离开。

我不太习惯道晚安,嗫嚅了一句什么,仍然在搜寻着海面,想发现新奇的变化。因为四周什么物体也没有,看不出船在航行,除了船下掀动的浪。

她走了好久,我仿佛依然感到她的身影靠在船舷,渐渐地她在我印象中成了一个凝固的幻影。

我也小声哼起了一支俄罗斯的旋律。

大概过了午夜,我才回到舱位。旅客都已睡了。我躺下,幻想似乎仍在驱使着我。

夜确实深了,从船舱小圆眼看出去,除掉黑色,就是黑的闪光。显然,云层已很厚了。这时,我还不能理解,真正的大海对我意味着什么。

迷迷糊糊睡了一会儿,我感到头晕,心里难受,我睁开眼,但起不来。这时,船在有节奏地不停地晃动。我看见,舱里的旅客也几乎都醒了。有人已经开始

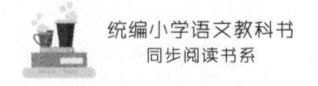

呕吐。

我知道糟了。船像个钟摆那样，左一下，右一下。我赶紧拿出客轮上为旅客准备呕吐的纸袋。我忍住，不说话，咬紧牙关，希望能撑过去。

这样勉强挣扎到天拂晓，舱眼里露出灰色的亮光。我终于吐了出来，船的摆幅越来越大，而且不时有扬起和沉落的感觉。每当来这么一下，我就要呕一次。现在我左右的旅客几乎都在享受与我同样的待遇，除了克制自己，做呕吐与反呕吐的斗争以外，什么事也不能做。个别没有吐的舱客，也都双目紧闭，面色发黄或发灰。

广播喇叭响了起来，号召人们起来吃早餐。女广播员的声音既亲切，又坚定。她说船上很多人晕船、呕吐，这没关系，而且越吐越要吃。空肚子吐更不好。

这种鼓励对乘客来说当然是美妙的。但我环顾四周，再省视自己，大家似乎都是在挣扎了一会儿后又躺下了，气氛多少显得有些悲壮。

我知道是进入黄海了，进入真正的大海了。而且广播里说的是四五级风，这已足够使大海显现她真正的面目。靠近着我睡铺的侧上方有个圆舱眼，这样，人便趁吐了一口后的稳定间隙，爬起来贴在玻璃眼上。果然，大海一片黄浊，浪涛涌上涌下，像一场刀剑干戈。远处，浪涛连成一片，狂杀过来。似乎已不存在天空，黄浪覆盖一切，偶尔闪着溅落的水珠，才透露一点白色的信息，这时，没有风景，只有气势。昨天的柔美和蔚蓝已不可想象，实实在在一场梦境。

这才是真正的大海吗？也许，那个女人说的是正确的。如果大海永远像一泓湖水，大海还能成其为大海吗？大海必须要有雄伟的力量与征服一切的气势。尽管此刻大海已使我难受不堪，但我也爱这样的大海。

此刻，那个女人在哪里？她还穿着绛色的毛衣在甲板上欣赏她的真正的大海吗？或者和我一样躺在铺上任海流摆布？我渴望此刻能听到她那柔美的声音。那样也许我会暂时忘却晕眩。

我迷糊了一会儿。广播已经休息了，四周分外安静，屋里没有一个人说话。我能听到船外的浪涛声，猛烈却又有节奏。

忽然，伴着浪涛声我又隐约听到那熟悉的歌声。啊，是那女人在唱，她肯定在甲板上。"卡秋莎走在峻峭的岸上，歌声好像明媚的轻纱"，对，就是这样动人的词，然而是在海上，是在波涛滚动的海上？我似乎受到

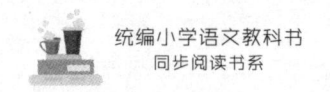

感染，竖耳辨别每一丝声音。渐渐地我也增添了力量，想挣扎着起来，甚至走到甲板。但是，我终于未走出舱门。

我又躺了下来，想着海、波涛、人生。想着生活可能展示给我的一切。

那歌声又谜样消失了。永恒的浪涛声代替了一切。

过了一夜，船已越过东海并进入黄浦江。我虽然起来了，并且吃了些东西，但一直到靠岸，我都再也未见到那个女人。

踏上码头，我产生强烈的陆地感。但晕眩仍未消失。我不知道，这晕眩会陪伴我多久，我感到有些怅惘，我那在人群中发现那女人的愿望又一次落空了，其实我也并没有专门等候，人又杂乱，其实相逢又何必相识，其实偶然又有什么必要为短暂而惋惜。也许，这一切本来就是幻影，是我自身在海上制造的一个幻影。但是这幻影使我懂得真正的大海，并懂得坚强。

在晕眩消失以后，我会再次扑向大海的。如果没有波浪，就不可能有真正的人生。

高原旅思

徜徉在柔美的草地上，伫立在没有回声的宁静中。

高原的开阔，令人难以置信的自由，随着眼睛，无限地展开，驰骋。

想寻找一朵野花吗？也许会有的，也许全都被夏天遗弃。但还有一汪汪微黄的绿，伴着无言的夕阳。正在凋谢的秋天，给人以最后的温暖。

想寻找飘动的流云吗？没有丝毫污染的白云，洁白的像远方的雪，也许只有蔚蓝，深渊一样不可透底的蔚蓝。

想寻找黑色的牦牛吗？带着城市的那种猎奇，寻找那使草原跃动的生命。

也许，什么都不寻找，只听着自己的心音。回忆和期冀，都被草原的海水波动了，再也不会停息。

是的，马上就要离去。只愿思维的节拍在这儿作一

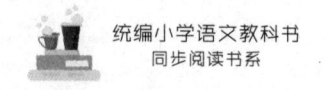

次休止，或者化作种子，随着明年的春风，绽开一株新芽……

漫道雄关美哉广元

我是个喜欢坐火车,喜欢随意下车,喜欢无目的漫游的人,但是多少次从宝成线入川出川,竟然没想到或没"闲空"在这巴蜀门户——广元下一次车,恐怕只有用"广元吸引力还不大"或"我和广元缘分不到"来解释吧。

这次我是慕剑门关而来的。虽然我幻想着陆游的诗句"细雨骑驴入剑门"那种诗人的潇洒,却只能在金风送爽的丽日下,驱车来观赏这一片雄奇景色。现代化的确带来了方便,几小时便走完了古人几十天的旅程。但这种超级的游历也确扫除了纯朴自然的心态吧!

"连山绝险,飞阁通衢,故谓之剑阁。""壁立千仞,穷地之险,极路之峻",古人精练的描绘可谓准确之至。远远地就感觉车要进入绝境了,但路转峰回,眼前两山雄峙,一户独开的壮丽景色使人既万分惊喜又莫

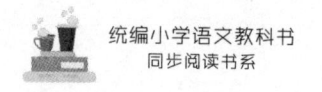

名恐惧。登临隘口，如云的苍松翠柏，如刀削的绝壁飞奔眼底，一幅古战场的油画顿然跃立。耳边是呼呼的风声，峰外天穹却一片翠蓝。这时，你当然有蜀道难的感慨，但现代化的仿古剑门关城廊和更现代化的空中索道已给剑门关涂上了浓重的旅游色彩，你无法再去想象兵家在此争雄的场景了。远望石笋峰，真是神奇无比，几乎和大剑山天然合璧；走近才知二山是牛郎织女，隔着一线天，终年只能遥遥相望。这座山说是石笋，只能就形象准确而言，实际是一绝壁兀立山峰，把它归为石笋恐怕是世界第一了。

　　我发现这里山岩的构造是鹅卵石型的，无数的大大小小的鹅卵石凝在一起，形成岩石巨峰，委实了不得！真不知这黏合剂是什么化学成分，据说其坚硬度超过一般山岩。那么，在地质学上是如何归类的呢？是火山岩形成还是海底形成？我不敢妄测。这确是我第一次发现。

　　其实，这大剑门山和黄山、庐山不一样，它不是作为旅游景点而存在的。它是交通隘口，是入川公路干线，是要塞，是古代兵家必争之地，这多重身份使它作为旅游胜地又罩上了一层更新的色彩。

因此，当我进一步去观赏翠云廊的"三百里路十万柏"的古代柏树长廊时，我更感到它的非凡意义了。三国的大将军张飞及其将士不知道，他们当年为战争需要所栽种的柏树，虽历经天灾兵燹人祸，其中不少竟然一直活了两千来年，终于成为世界级的文物风景。这实属历史的喜剧。无论在北京天坛或黄山奇峰上我们都不能再看到这么古、又这么绵延几百里的柏树走廊了！就凭看这么一眼，来广元也不虚此行。

当我漫步广元街头和嘉陵江边时，我越来越感觉这座城市有很多使人留恋的地方，尤其是我进市区第一眼就为它的清洁所惊叹。可以说马路上清爽悦目，店堂内整洁可人。路上不断有环卫女工手拿扫帚，清理着落叶和纸片杂物。看惯了别处小餐馆脏得难以涉足，我愿踏进这里每家小店去花几元钱吃点什么。城市的卫生真是城市的生命。恐怕我和广元"一见钟情"首先在于它的高清洁度吧！在光洁的路面上数不清的三轮车穿梭往来，工人都穿着黄色的背心，号码醒目，据说还分单双由两种车身颜色轮流上街，不仅方便行人游客，也可算一小景观。

可是，我又为广元多少有些冷清而遗憾。这里竟然

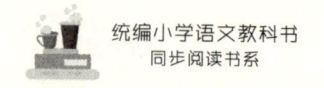

没有游人如织、商贾如云的景象。广元对许多中国人是陌生的。一种奇怪的现象是：人们知道剑门，但不知道广元；人们知道武则天，但不知道武则天是广元人（唐朝算是利州，元朝时改利州为广元）；而且广元就有武则天的皇泽寺，有武则天的石刻真容像；人们知道"蜀道之难难于上青天"，但不知道李白写的就是为广元所管辖的朝天峡；人们知道大熊猫，却不知道广元是大熊猫的故乡；人们知道九寨沟，却不知道去九寨沟的最佳途径是由广元出发……广元的知名度和它实际拥有的太不相称了。

桐君山

我站在桐庐县富春江渡口,等待摆渡。

因为是早晨八九点钟,江面上雾气还未收去。清澈碧绿的江水在迷漫的雾中,别有一番神秘的美丽。忽儿有一两尾鱼跳出水面,似乎被雾网拖起,瞬息又不见了,水面依然波平如镜。有几只家鸭绕着停泊的船舶寻找食物,其中一只鸭子拖了一条大概是鸡肠子的东西,吞了半截,再也不能吞进那一半,却不愿吐出,还怕同伴来抢,游来绕去。吞一口,嘴一张,又挂下来。直到渡船过来,我也未能看见这一个节目的结局。在这宁静、温暖的江口,我有一种放松感。

渡船上,也是柔和的。挎篮子卖菜归来的女人,来往办事的干部,还有推自行车的青年人,一个脸蛋圆圆的少女,不知和售票的青年说了几句什么,笑声顿时像发了酵,甚至感染了一位妈妈怀中的婴儿。他们也是去

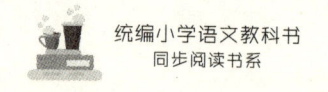

桐君山的吗？显然不是，下了船，上山的只我一人。他们对这座山是太熟悉了，像他们家门前的梧桐树。

我是慕名而来，听说这座桐君山自古就是富春江上的风景点，有"小金山"和"峨眉之一角"的美称，甚至康有为赞为："峨眉诸峰不及此奇"。这自然引动我的旅思。

我拾级而上，大约登了二百多级台阶吧，见一园门，阳光从门中射出，整整齐齐一个光柱，扑面而来。四周是绿荫，升起的太阳被亭阁所遮，只透过这园门，密林中这道光柱顿时给人开阔和欣喜之感。

山门上写有"仙庐古迹"四字，买了张门票，踏入林荫道，右边是古栏杆。站在这里眺望富春江，眼前也仿佛飘曳起来。再穿过一座山门，便到桐君祠。这里只有一个老人的塑像，他白发垂髻，神态怡然，笑容可掬，穿着朴素，完全是劳动人民的打扮，左手捻一个葫芦，右脚盘了起来，身旁一个药筐，神态像和人谈家常一样。它深深地吸引了我。祠里只有我一人，他甚至就要启口和我说话，而我好像也踏入南方的农舍，等待着和他寒暄，谈农民的生活和丰收的年景。我们的心是那样自然地交融。

确实，我去过很多庙宇，看到过很多令人索然和恐惧的大佛，还有青面獠牙的鬼怪，还有使人可敬而不可亲的神与名人，像这样拂然可亲的农民的塑像，我是第一次见到。那温顺的情思又一次包围了我。真的，我感到这是我所见到的最好的一尊塑像，虽然它没有金碧辉煌，又没有佛光灵火，它朴实、美丽、富有泥土味的人性。

接着我转入一片开阔的台地，这里有一座七级古塔，全身白色，细小玲珑，也没有什么装饰，像一棵秀丽的钻天杨，旁边有一座双层形的"四望亭"。这时富春江如一条碧绿的绸带，随着微风飘来，江上轮船如织，桐庐古城完全收入眼底，低矮的白墙平房和新建的涂色的楼房交相辉映。

再往前走，便有鹅卵石环山小径，临绝壁，据说有石刻，下有深不可测的桐君潭。

我诧异地问："难道有名的桐君山就这么高，这么一点东西？"回答是肯定的。这座山才六十米高啊，原来是我登过的山中最矮小的一座。

但是，我并不后悔。因为这座山并不是什么神山佛殿，它不过是为一个采药的老人修的，因为他治好了很

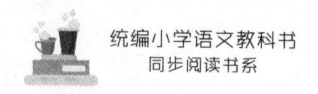

多人的病，却不肯披露姓名，只以庐旁的一棵梧桐自况。但是，农民感谢他，为他修建了使人敬仰的祠。甚至这座繁荣起来的小城也被称之为桐庐了。

我没有从桐君潭那小路下山，而是从原路归来，又一次祠堂看望了这位老人。我抚摸着门前的梧桐树，轻轻地和一片飘落的桐叶低语：我度过了人生中美丽的一刻！

愿我们的生活和这位老人一样自然、朴素。

冬季台北不朦胧

依然是那样的冬天景色和感觉：陌生而又熟悉。

很有意思，我第一次到台北，却第二次降临台北桃园中正机场。那是1992年底，我从韩国汉城去香港，班机在此中转，停了一个多小时上下旅客。桃园的冬色颇使我激动了一阵子。虽然我们在机舱里，但我觉得我已拥有了窗外的景致。这次真的登上这片对我们大陆人来说颇为奇特的土地时，不知为什么反倒平静了。

接我的是新诗学会理事长绿蒂先生。他驾着自己的车带我去市内酒店。他依然像七年前我们在曼谷见面时那么精神和干练。夜幕中的台北自然别有一番风情，我开始慢慢地咀嚼起来。车流如潮，却无涛声，一条条平静光环滑行着。没有特别高的大厦，霓虹灯在不太宽的大街上更显得耀眼与拥挤。我才发现。台北不像我想象的一马平川，虽然市区平坦，却蛮有山城的味道。下榻

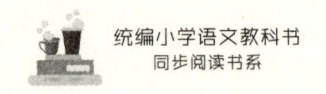

后，我谢绝了绿蒂先生在酒店的宴请，我说，就我们两人，能否找一个普通的小饭馆，来盘豆腐。他说，还有绍兴酒。那太棒了！最浓莫过乡情与友情，这才是生活。可惜他开车不能喝酒。我望着这清洁的中国式却也颇欧化的小酒馆，被近乎夏天的风吹着，享受着微醺的台北之夜。临近午夜，诗人、画家杜十三兄干脆拎来一瓶高粱酒到我下榻的大酒店，立马让我进入了"小醺"或"中醺"的状态。

这种乡情式的感觉越来越贴近我。大家都不把我当外人。加上语言不像在香港或广东那样让我有疏离感，更使我显出自然潇洒。

从比较的角度来讲，台北远不如北京那么大，更找不到北京那么宽的街道，它有点像上海、南京、广州，但显得秀气。台北朋友总是问我："你对台北印象怎么样？"我说："还挺安静的。"他们大笑起来，以为我说反话。其实，台北是很拥挤，以至于所有人行道、路边都被汽车、摩托车停满，但以生活在大陆的眼光来看，还是比较有序的，街道路面也很整洁。

在台北街头我最感兴趣的是两样东西，一是骑河楼式的人行道。我想，这可能是中国南方城市的一大特色。广州、厦门也是如此。但眼下新建大楼、改建城区已不再保留这种骑河式建筑了。而台北的新建筑，也包括临街较大商场，都是整齐地保留了一楼的人行道。我们走着，旁边就是店，铺头顶是这座建筑的二楼，而不是天空，雨天不怕挨浇，夏天不怕烈日，实在是中国古代人的绝妙创造。

伴随着骑河式人行道的另一样东西就是街头电话，每隔几十米就有一处，而且是姐妹式电话：一部是投币式，一部是磁卡式。它们就装在人行道的柱子上，使用极为方便。

虽说陷于"吃请"之中，我的习惯使我仍插空一个人走小街小巷。摊点小吃可说星罗棋布，做买卖的人不少是二十世纪四十年代末从大陆过来的外省人和他们的子孙。这样倒使小吃充满了中国各地的风情。不仅川味、广味，连河南味、陕西味也都应有尽有。我还见到一个我的老乡，不知他的摊位有没有芜湖味。可以说，在台北把各种小吃收集起来，可开一个中国各地小吃博览会。

我没有机会拜访底层劳动者的家庭，也许我说的不合适，因为劳动者也未必底层。但我很想了解普通百姓

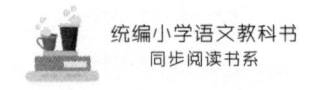

的住房状况。从我去过的几位诗人、编辑朋友家看来，按我的标准是相当"豪华"了。对室内装饰我倒不大在意，比较欣赏单元房的室内小楼，它使空间造型极为别致。

我几乎没逛过任何商场，我感兴趣的是书店。在所有商品中我最喜欢的商品就是书，恐怕所有文人身后的主要遗产就是书吧！诗人张默先生非常热情地利用一顿午宴前的间隙带我去了一趟诚品书店。每层楼书籍琳琅满目，而且陈设极富有艺术气氛。大陆作家的作品很多，我找了一下，没发现我早些年在台北汉光公司出的散文集《雨的四季》。我看这里有很多书在大陆也有出版价值，可能还是交流不够。据说，仅在台北，就有好几百家出版社，可见书的市场之大，这也从另一个角度反映一种文化氛围吧！

我人微言轻，一个普通人来到台北，并观察着普通人的生活。她一步步向我走来，没戴面纱，实在且平易。朦胧的也许只是我曾有的感觉。重见以后，这层感觉已远远消失了。当我登临圆山饭店并在里面餐厅吃着江南的油炸豆腐干时，当我在台北艺术馆出席法国一基金会收藏的艺术展酒会时，当我去参观台北故宫博物馆并和院长郑孝仪老先生说话时,我和他们之间都没有疏离感,因为我仍然生活在中国人的群体之内。这是一个母体,炎黄子孙共有的母体。

  在霏霏细雨的旧农历初一清晨,我最后在五指山我的朋友颜德松、张典婉夫妇的别墅楼台观望台北市,绿荫丛中,房屋点点,所有的繁华都淹没在绿山环抱之中。这时候确实景色朦胧了。阴雨天带来了凉意。也许,这就是最冷的冬季了。但在我的心中:冬季的台北不朦胧!

宏伟、美丽、宁静的南天寺

真的很难想象，在遥远的南半球，竟然有一座如此宏伟的、纯中国式的佛门寺院？！在拜谒过多少名山古刹的我的眼前，鹤立于异国的景色，扑面而来的是熟悉的金碧辉煌的建筑群，顿时，我的心瞬间飞升、片刻又宁静了。

是那样遥远仿佛不可企及却又如此容易飞越过的大海啊！童年时，我就憧憬大海，并随着信佛的家人十分崇敬观音。海上有仙山，而观音也是在遥遥的南海啊！此刻，越东海、南海，再穿苏拉威西海、班达海、阿拉弗拉海、珊瑚海、塔斯曼海，南半球的佛光山南天寺便闪亮如星空灯盏，以其独特的风貌出现于我们来自黄河长江的子孙面前。

无法不赞叹这美丽神奇的建筑，它的构想、实施、成功、发展，宛如一个遥远的童话。

确切地说，这座庙宇建筑群位于澳大利亚悉尼南八十多里的伊拉华拉地区，在该区卧龙岗市南部五公里。写到卧龙岗，无法不让中国人想起诸葛亮。真的，这纯正音译就是卧龙岗三个字，难道不又是一个美丽的巧合？！

伊拉华拉是个风景秀美的滨海地区，金黄色的沙滩，多岩石的海岸线，静若处子的湖泊群，神秘漆黑的雨林，给人以美妙的幻想与宁静。这片净土难道不正是佛门最需要的吗？南天寺以旗杆山顶峰为中心点，朝西北方向建筑，正北面山峦迤逦，左右两主峰——什贝拉山与基瓦山，既如两座雄狮镇守山门，更像晨钟暮鼓，一边一座，造型极为奇特，使不信风水的人都不得不相信这真是风水宝地，而它，非佛门莫属。

提到这座佛光山南天寺，不能不提到出生于江苏江都、剃度于南京栖霞山的星云大师。现在，这位大师已在全世界五大洲设有两百多个道场，在美国有西来寺，在南非约翰内斯堡有南华寺，在巴西有如来寺，都是世界级的佛门庙宇。南天寺也是他弘法澳洲时的一个伟大构想。据说，他的弘法感动了新南威尔士州的领导，捐赠了二十二公顷山地，有趣的是，州长还捐了九十九个

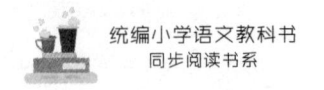

澳元，为南天寺交纳土地租金，租金为每年一元，共九十九年。

　　没有身临其境的人很难揣测南天寺的雄姿。整个建筑群包括大雄宝殿、大悲殿、灵光塔，还有宝藏馆、五观堂、禅堂，以及能做同声翻译的法堂、会堂等，还有一座供香客、信徒、参观者住宿用的三星级宾馆建制的有一百个床位的香云会馆，中西合璧，气势恢宏。主殿建筑的庞大斜屋顶，面积达四千三百多平方米，而弧线屋顶结构则用了十八万五千块金黄色的琉璃瓦，屋脊盖板华美之最，脊端并装有赤陶制的狮子、龙、海马及一些人物以示吉祥。面对如此庄严雄伟的大殿，拾级而上，人们心底不得不肃穆，并对人生作宗教式或哲学式的思考。

　　由于依山而建，大殿处于山腰，背后绿草如茵，青翠遍坡，而大殿下层则隐于台阶之后，别出心裁地建造出还愿池与华严世界，这里流水潺潺，山岩毕露，依势而修，在真山真水面前许愿还愿，虔诚恭敬之心油然而生。据说，这样设计也是星云大师的佛心所至，形成独创，而天灵顿开。

　　最使我感兴趣的是殿旁的莲花池。洁白的莲花不仅是释迦牟尼的坐盘，更是中国人最喜爱的花朵之一，"出污泥而不染"，使整个南天寺更透出清丽纯洁高雅。在莲花池，四周柳树成行，更有菩提树夹杂其间。中国的柳树依依不舍地飘动在澳洲的土地上，异邦之间的友情似更浓郁了。而在青青的绿草上，端坐着十八罗汉的各种姿态的石刻雕像，别有一番情趣。这时，晚玉兰甜美的芳香在空中轻轻飘散，沁人心脾。不知不觉，你可能产生坐禅的念头了。

其实，南天寺作为佛教的寺院，却看不到很多的迷信色彩，而是充满了文化氛围，更透出人的安宁、平和和自然。为什么佛光山被称为人间佛门，恐怕也是因其宗旨吧。这里墙壁挂的佛语、真言、偈子都少有宗教色彩，而是在讲做人之道。"提倡人间佛教，建设人间净土，净化世道人心，实现世界和平"。它把心净与国土净黏合在一起，和眼下的环保生态是同根的，它主张尊重、包容、宁静中的富贵和平安都是从人的理念出发的。

而且，佛光山南天寺提出的四大宗旨"以文化弘扬佛法，以教育培养人才，以慈济福利社会，以共修净化人心"完全以文化教育为主，它办的教育课程包括中

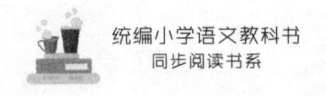

文、英文、日文、书法、插花、素食烹饪、歌咏、国画等等，很贴近现实，为世人所需。

南天寺住持满谦法师在谈及南天寺这一切时始终流露出安详的微笑，她正在星云大师的构想下，为即将着手实现建南天大学的愿望而忙碌了。阿弥陀佛，真是伟大的祥和！

在我们从禅堂出来时，看见一大群澳大利亚中学生女孩，正坐在外面台阶上听法师用英文讲课，听的人则露出祥和的微笑，那些女孩此刻的模样亦如莲花般纯美。

望着蓝天白云，青青的山坡，心里有一种航行于山里纯净的溪水上的感觉。瞬间，杂事顿无，杂念全消。你虽未打禅念经，但园林的清爽，流荡着的绿色与橘黄，满院的莲花的香气已使你升华了。这时，你会默默地向南天寺祷念，并祝福你自己和世界都更加美好！

漫步在凋零的树林

一个阳光如水的深秋，我在林中漫步。

我为那疏朗和高远而迷惑了。盛夏给人的那种局促感和拥挤感顿时消散，目光犹如自由飞翔的小鸟，几乎碰不到多少屏障。

身边的树或曲或直伸向天空。由于抖落了许多叶子，枝干显得更清晰了，在湖水般天空的反射下，勾勒出遒劲的线条。从这些线条织成的网纹中看过去，大自然更富有奇幻而不可捉摸的风韵。

我踏着沙沙响的落叶，偶尔伸出手去接一片在微风中旋转的枯黄的或暗红的落叶，体验着身心的轻快。我仔细地辨别落叶上那卷曲的脉络，闻着那干涩的气味；而且，随着脚步的移动，谛听着落叶发出的声音。

我望着树，树也望着我。我们没有语言的交流。也许，在这孤独和静谧中，我们之间存在着宇宙间神秘的

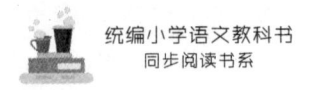

信息。

那么，失去春日里那么多光彩灿烂、鲜艳妩媚的绿叶，它会惆怅或悲哀吗？在飒飒的秋风中，它是否沉湎于对往昔的回忆？

我踏着沙沙响的落叶，心中犹如飘在森林上空没有被遮蔽的云，一会儿是晴朗的白云，轻快自如，一会儿又是阴沉的乌云，秤砣般压迫。

突然，我感到从沙沙响的落叶里，从裸露的枝干上，发出那有如竖琴的柔音：

——可爱的人，你们真奇怪，干吗为我们落叶而苦恼？

——抱歉，打扰了你、我秋天的兴致。其实，我也只是一闪念。

——不，你不是为我们而苦恼，是苦恼你自己，苦恼你们，苦恼你们的民族！

我像有隐私被揭穿那样，那声音继而像单簧管：

——你们人的生性就是害怕失去，而我们从不惧怕失去！

——有死有生才是大自然！只有凋零才有新生！害怕抖落枯叶就不会滋生新芽！

那声音突然消失，像音乐戛然而止。我的思维也突然中断，它需要短暂的休息。

当我重又漫步前行，似乎身上也凋落了许多枯叶。

其实，人也是自然，怎么留恋身上的枯叶也无济于事，最后会随着肉体的消亡而消亡。而一个民族或历史，如果过多地偏爱那一度辉煌的绿叶，枯萎了仍旧一年年地去背负……

落叶如潮，秋风如梦。此刻，我的心完全恬静了。我感到我和树的信息已完全相通。至少，我可以如此处置自己。

  因失去而快乐，因凋零而发出魅力
  四季就是辩证法，而承认却又痛苦

我把我心中涌出的诗句，写在一片凋零的黄叶上。

排箫声中的橄榄树

一个异域的秋夜,天蓝得犹若虚幻,窗外便永远是窗外了。

我和秋夜,相随相影,沉默便永远是沉默了。

此刻,仿佛从云彩后面,洒落下一串乐音,弥漫在我这没有开灯的厅房;我知道,那是我播放的盒带中又出现了几乎和我每个夜晚必然相逢的乐曲《橄榄树》……

不要问我从哪里来

我的故乡在远方

为什么流浪远方

为了我梦中的橄榄树

词是没有的,有的只是乐音,融化了这些词的美丽寂寞的乐音。

　　写词的三毛已永远地远去了。一个追寻生命、热爱生活的精灵选择了生命的驿站，留下让作曲家永远充满想象的词，完成了生命终结的风景。

　　我会无数次地听过橄榄树的演唱或碟带，我感动，却不幽怨，惟独这支用排箫奏出的经过配器的橄榄树乐曲，使我一次次沉入三毛的意境。

　　这排箫中的橄榄树仿佛来自浩渺的天空，扩散于你每一根神经，更仿佛来自无人迹的深山，和你擦肩而过，只留下一阵淡淡的清香，更仿佛飘流于江湖之上，波光月影在乐声中使你难于自持。绵绵不绝，飘逸无期，柔音幽远，幻化造型。无法找到开始，永远没有结束，你只能跟随其中。这排箫创造出的无形的流浪是那样自然贴切，使你感动，只有这排箫吹出的声音才能引导你去流浪，只有这排箫吹出的声音才能把你带到远方。

　　这是我第一次领悟到中国乐器排箫的慑人魅力。我感谢李泰祥先生创造出如此的橄榄树旋律，也感谢周成龙先生为其改编配器，此刻，却更感谢杜冲先生用排箫传出的这极具灵感而深情的演奏。因而我想，一支乐曲

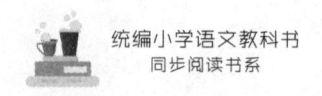

只能用一种特定的乐器才能传神，正像《梁祝》只能用小提琴一样。那么，橄榄树属于排箫，在我已确定无疑了。进而我想，一支乐曲或歌曲也要选择特定的环境与特定的人，那么，在歌厅听到对《橄榄树》的滥唱，也一定似乎听到这支美丽的深情的歌曲被蹂躏的呻吟声吧！

啊，世间一切好歌，都在期望最懂自己的乐器，最懂自己的演唱者，还有最懂自己的环境氛围、时间地点，以及最属于自己的听众。

林中草莓

秋天，林中再也采摘不到草莓了。

在树叶筛落的阳光斑点下，亚丽弯着腰注视着草丛。她折了一根树枝，撕去干涩的皮，她感到手中有树汁的清凉。

摘草莓的季节已经过去了。草莓是属于夏天的。

亚丽仍固执地用树枝拨弄着前行，眼睛期待着一个异常的闪光。

这林中草莓——哪怕是一颗，对她来说，也是关系到一生命运的。

昨天深夜，她躺在床上，对着窗外朦胧的月光，她和命运打了个赌。草莓象征着她的幸福。

对于一个 17 岁的农村姑娘，未来，视野中的幸福是很窄的。她妈妈就很幸福，她外公外婆虽然总是唠唠叨叨，也是很满足的样子，村子里的人也都显得很幸福，

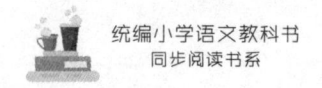

可是，倒霉得很，亚丽在高一时不知怎么爱上了诗。开始，她很快乐；她星期六从镇上回村，她体验到一种过去没感到过的美丽，更不用说这村子五里外的林子了。后来，她就莫名地忧郁起来。

她一时搞不清自己。也许，是诗放大了视野，而放大了的视野就显露出空虚。

外婆叼着烟袋数落着亚丽。妈妈说："女大十八变嘛！管不了哪！"

去年夏天，她又神采飞扬。她和同年级另一个班的男同学偷偷地互相喜欢了起来，她居然写出了一首爱情诗。

她记得，她是夹在一本《读者文摘》中交给他的。再见面时她脸红了。她赶忙把还回的杂志塞进书包。那男同学说："你不检查少了什么东西没有？"她一掠头发把话题岔开。

那天，她和他到林中去采草莓。

那些草莓，映在碧绿的草丛中，像一颗颗镶嵌的绚丽的珍珠。

她感到一种诗的骚动。她一时判断不出，是闪光的草莓启开她灵气的瓶塞，还是身边发出男子汉气息的人。

当黄昏随着雾气而弥漫时,当他们就要离开林子的最后瞬间,男同学终于吻了亚丽,确实只有一下,因为亚丽不许。

他们相约毕业时再来摘草莓。

但繁忙的复习功课、考大学使他们不知不觉遗忘了夏天。

后来,命运作了另一种安排:男同学考取了一所名牌大学,亚丽却落了榜。

距离开始淡化情感。三天前,男同学来了一封信,为新的环境和未来而异常兴奋,忘了提夏天草莓的事。

但是,亚丽仍要到林子中去。草莓的季节已经过去了。这不妨碍她寻找。

秋天的树林比夏天更斑斓美丽。亚丽更喜欢那琥珀色的树叶,不知为什么,她害怕红叶。

小径忽隐忽现。林子上面有黄鹂的鸣叫。

秋天的阳光依然温暖。她不禁坐在铺有落叶的枯黄草地上。她不想再去找草莓了,只坐着,甚至躺下,望着稀疏的天空,听着窸窣私语的落叶。显然,此刻的大自然都在羡慕一个十七岁的女性。

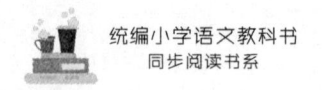

亚丽觉得唇边滑出了几行好像是诗的语言：

为什么林中的草莓

到了秋天更使人追寻

夏天在灿烂中被忘却

正如在幸福中

人们不注意幸福一样

她不想再去组织诗句。也许，根本就不存在这些赋有文字形式的诗，这只是她一种朦胧的感觉。

她漫无目标地扫视这成熟而又凋零的景色。

一个奇迹发生了：就在一棵白桦树下，她看到了一颗半红半白的草莓。她欣喜地跳起来，跑过去趴在那颗草莓前。真的是新生出的草莓。啊，是哪一滴雨水和哪一朵阳光把它孕育出来的呢？她匍匐着身子，像祈祷似的吻着那草莓。

她决定不摘这颗草莓，而且不再来看它。让这一瞥留作她终生的记忆。

亚丽到底是亚丽，她也无力冲破生活的氛围。现实终于取代了诗。她也拗不过妈妈的规劝，五年后她还是嫁人了。不过那个秋天发现的草莓还是给她带来了好运气：她比她妈妈终究更幸福一些，她进了供销社；而且在女儿长到七岁时，她当上了供销社的副主任。

又过了十年，亚丽的十七岁的女儿更亭亭玉立了。

"妈妈，我爱上了诗。"

亚丽"啊"了一声，像被人撞了什么隐私一样。当她镇静下来，她才为自己刚才的失态不安。她确实想不起来，诗是怎么回事了。她已和诗横亘着博物馆。

亚丽望着女儿那甜甜而痴迷的样子，像猛地想起什么，说：

"夏天了，你去那林子里采草莓吧！"

女儿疑惑地望着妈妈。

亚丽想起，那片林子十多年前就被砍掉了，变成了农田。

大自然之子

置身于现代文明的氛围中,整日出入于五颜六色的高层建筑,在电话和电脑前奔来匆去,或者行走于修饰得极为美丽的街道,渐渐给我们塑造出另一种感觉:我们只习惯人为的环境。

即使在闲暇的时候,我们也是在欣赏着橱窗里奇丽绝伦的商品,闻着用各种调配方式生产出的香水,或者听着镭射音响,品尝着色如水晶的酒和饮料,我们的这种感觉进一步深化了、细腻了。

色彩是我们制造的,气息是我们创造的,凉爽或温暖也是我们制造的,甚至我们呼吸的氧气,也是用罐头形式制造出来的。

我们渐渐忘却了大自然,或者说我们感觉不到大自然的存在,感觉不到大自然与我们的关系。我们就是我们,我们可以在我们设计制造的环境和创造的物质文明中生活，甚至活得更好。

从这一点说，人确实很伟大、很智慧。人从茹毛饮血发展到今天太空时代的高度文明，就是一部极为辉煌的生存的历史。是人类为万物之灵被证明的历史。

本来，几乎就在不到一万年以前，我们和自然界的各种生物都受着自然的支配，也享受着自然恩赐我们的温饱的快乐，并承受着自然给我们的灾难和痛楚。但是，我们异常地成熟了，成熟到我们越来越摆脱自然的程度。我们甚至在营造整个地下城市一切生活设施齐全的封闭的楼阁城市，甚至空中城市，完全不需要大自然本身。如果说住在这种城市里人们也需要感受到"自然环境"，那么，我们也可以造出一个屏幕式的天空、星群、山岩、树木和淙淙的溪水。

这确实是现代化人类的超凡的智慧和本领。人类也渐渐在拥有他想要的一切。

但是，在获得的后面是否已经隐约地失去什么呢？

显然，我们在情愿地或不情愿地失去我们原来所依存的自然本身。我们在五光十色的城市中生活，从盒子的小车出来转进盒子的电梯和盒子般的楼房，我们甚至完全忘记看一眼天空，我们失去了对天气的敏锐感觉，

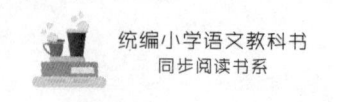

我们想不出蚂蚁和青苔的样子。程式化的、电脑化的、商业化的追逐几乎使人变成了非自然人。

其实，这种非自然化的倾向并不仅表现在人与自然本身的表象的隔绝上面。也许，我们可以在假日或周末去郊游，去欣赏或者享受自然的乐趣，听泉水淙淙，看蜂蝶飞舞，做瞬间的体验；但是，往往这郊游的本身也充满了非自然化的倾向，商业已改变了旅游，一切供城市盒子化生活方式的人们所能旅游的地方，已逐渐消失了往昔自然本身的朴实的光彩。现代化的交通、舒适的设施以及无孔不入的广告充满了森林和田野。那种原有意义的自然已被非自然化取代。我们的寻求中充满了虚幻和矫揉造作。

即使偶尔真正能和自然有短暂的接触，也弥合不了人类世界这种非自然化的倾向。

我想说的是人类心灵中的非自然化倾向。

当我们漫步在没有经过人工修饰和侵袭的山野中时，我们听着婉转的鸟鸣、风中摇动的树叶沙沙响声，触摸着生满青苔的岩石，擦过攀援的藤蔓，寻觅小昆虫的洞穴，我们完全进入一个宁静自由的世界。天空、云彩出奇地清丽，草地、各色的鲜花凭自己的意愿开放。

这时，和谐平和的感觉像透明的泉水冲刷了我们的灵魂。

我们会突然发现，我们已久违了这种感觉，我们已久违了这个世界。

虽然我们在现代文明的闲暇中也有过什么郊游，但我们心灵中已消失了这种和谐平衡的自然状态。我们已经变形了、扭曲了。

自然中各种鲜花也有竞争，因而怒放着千奇百怪的颜色；自然中各种树为了成林，盘根交错，争夺着阳光；自然中各种小昆虫默默互相争夺，但终于构成了美妙的生存平衡面。一切都是顺乎自然的。

而人类的生存竞争则不一样，充满了非自然的机谋、阴险、虚伪、欺诈、权势以及文明下的凶残。人类在不断失去自然赋予我们的本性。

我们必须重新实现自己，重新确立自然中的自己，并把心灵中失去的自然找回来。

我们仍是大自然之子。

尽管我们凌于万物之上，但是我们要清醒地认识到，我们仍然是万物中的一物，我们不可能违抗整个自然的规律和自然本身最奇妙最和谐的安排。至少，我们

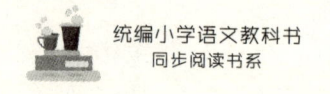

无法违抗宇宙万物的生死规律。

我们仍是大自然之子。

这样，我们就要在整个自然运动中确立我们的位置。我们更多的是要向大自然学习，对待万物山川，我们宁静地观察，运用天赋的智慧去洞悉其中含有的奥秘，去体味大自然天性的善良、和谐、自由，从而去调整我们的生活方式和存在方式，让大自然的鲜汁重新注入我们自身的毛管，让鸟翅的扇动和露珠的滚动去启示我们的灵感。

我们仍是大自然之子。

在和自然万物的关系上，我们是一幅完整的图画，我们无须去征服自然，我们只是在自然中调整自然，像我们布置自己的家庭陈设一样。我们可以让沙漠变成良川，我们也允许沙漠作为风景而有它一定的存在。但是仍要特别的小心，也许我们随意的搬动是愚蠢的。千万不要过早相信我们的智慧和能力。我们更无权践踏自然，那最终毁灭了我们自己。

人是伟大的，大自然更是伟大的；人之所以伟大是因为他们来于自然，亦是自然的一员，尽管他是带头的一员，但绝不是酋长。

只有记住我们是大自然之子，我们才能调整好我们的心态，才能摒弃我们身上一切不必要的东西，才能真正升华起内心的善良、正直、和谐、美好的品质，才能从自然给我们的启迪中去创造、去竞争、去获取我们该获取的一切，才能使我们在复杂的人际关系中保持自己的自然天性，从而渐渐使整个人类关系走向平等和谐自然，才能使自己活得顺心、舒畅、自由，轻轻松松活得像一个自然中的人。

这样，无论你处于封闭的盒式生活中，还是徜徉于山野，无论你过得舒适高雅，还是简单平常，你的心灵都是那样充满自然的天性，不是让人造的环境磨去你自然的心态，而是自然的心态去改造人造的环境。

我们是大自然之子。这是我们的天条。

我们不是返璞归真，不是倒退到原始的自然人状态，而是升华，是第二次诞生。

二十一世纪必将是人类最壮观的世纪，二十一世纪必将使人人相信并实现——我们是大自然之子！

寻找自己

秋天，总给人一个宁静而开阔的世界。

偶然地，躺在渐渐发黄的草地上，放松着身躯。此刻从我心灵深处浮出一个埋伏已久的悬念：我是谁？我该去干什么？

一种过于匆忙和浮躁的生活无情地淹没了我们自己。

以往，无穷的会议和斗争支配了我们的意志；现在，耀眼的物质和机会又使我们手足无措。

面对着开放后所展示的无穷的物质的和精神的世界，我们似乎仍未能从以往的误区中走出，那就是过多地注视着周围和他人，而忘却了自己。

从表象上看，我们开始认识到个人的价值，并已经在为自己而努力奋斗，在自下而上和事业中参与竞争。但是，我们国人的趋同性和一窝蜂的习惯仍束缚着我们的意识。风闻鸡血疗法延年益寿就人手一只大公鸡，盛传呼拉圈能趣味健美又人腰一圈，风闻股票能赚大钱又满城空巷购股票……五花八门的"热"像台风刮过又迅速消失。

我们的眼睛总是跟着世道旋转，却很少去内视：寻找自己的趣味和气质，自己的能力和意志，自己该追求的和自己能达到的目的。

如果你缺乏艺术家的感觉也许你有做生意的本事，如果你终生也弹不好肖邦的夜曲也许你有航海家的胆略，如果你不拥有数学家的头脑也许你擅长养花和收集邮票或者演出相声……

当然，自己不具有的能力可以努力去掌握，模仿别人有时也是一种奋进的动机，但前提都必须取决于在寻找到自己后的判断。

浅薄的东张西望和朝秦暮楚是愚蠢而无味的。漫步在夜晚天空下，以静若处子的心态，审视着自己的一切，终究会在晶亮的蓝色幕布上，找到一颗属于自己的星。

寻找自己是痛苦也是愉快的过程，而真正寻找到自己后会滋生出难以形容的充实和信心。

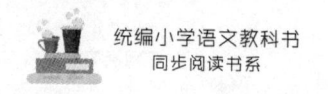

在大千世界，追求财富，追求艺术，追求外在荣华，追求内心高尚，都无可厚非，因为人是不同的，只要寻找到自己就会产生和谐的美感。

固守自己的一块田垄，努力地耕作，种瓜也好，种豆也罢，哪怕别人的田挖出金子，也不必动心，这就是寻找到自己后的真谛。也许，你最终的瓜豆都有相当的含金量呢！

从某种意义上说——

成功者不属于所有人

但寻找到自己的人必定是成功者！

我和吉他

我写过一首散文诗,题目叫《遥远的吉他》,是这样叙述的:

一个寒夜,电车玻璃窗上挂满了霜的寒夜。

他走着。风像冰冷的铁针,刺着脸,星星被冻住了,连眼也不眨一下。石子路上只有他笃笃的脚步声。

一辆马车从他身边掠过,车灯是那样昏暗。

他走着。他要去寻求温暖……

那一扇门打开了。灯光像乳白的牛奶,吐着红舌的壁炉像摆尾巴的小狗,热流包围了他。一个俄罗斯老人欠身拉着他的手,不是突然,没有勉强,泉水一样真诚的微笑,一个姑娘倚在窗前,弹着吉他。

温暖的加糖牛奶,熟悉的眼神,搅拌着沉默。

这时,吉他的琴音仿佛从幽远的白雪的林中传

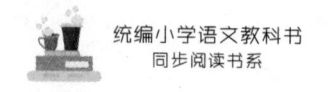

来，一阵寒气，很快被浑厚的低音的温暖所融化。老人在唱着《三套车》。有节奏的吉他伴奏，像辗着冰雪的车轮，空对着荒漠的月亮。

他不知道琴声什么时候结束的，不知道什么时候离开这扇窗户，像彗星一闪，记忆只有一次。

吉他的声音越来越远，却又仿佛越来越近。

这是我第一次和吉他如此接近的幻影式的波痕记录。也许，这是一次极偶然的真实，也许这只是少年的我的罗曼蒂克的虚构，但对我个人的记忆来说，这已是我的不可抹去的存在。总之，我爱上了吉他。这种乐器一开始就给了我灵魂以奇特的魅力。

那时，我正在被称为"东方莫斯科"的哈尔滨学俄语。确实，当时的哈尔滨充满了迷人的异国情调。南岗区大街上几乎每三个行人中就有一个俄国人，更不用说尖尖的喇嘛台和东正教教堂旁的墓地了。但是在冰天雪地里首先使我温暖的就是吉他。

恰好，我的一位俄语老师就是吉他手。可惜，那时学生和老师的来往也是很少的。我只是偶尔去过他家几次。我往往呷了一两口他招待的牛奶，目光就停留在壁上的那把金黄色的吉他上，怯生生地建议：

"弹一曲吧，我很爱听的。"

他的手很瓷实，手指粗厚，轻轻地一拨弄，屋里顿时充满了激越的回音。他弹的俄罗斯民歌，柔美深远，如泣如诉。我在街头听过俄国乞丐用巴扬演奏的这类民歌，此刻，却别是一番情趣和滋味。我越来越觉得，吉他所发出的声音是最接近人性的。老师把吉他递给了我，让我拨弄两下，但是除空弦外，我弹不出乐音，因为没经过刻苦磨炼的手指是难以按住弦的。我像捧一件圣物那样，把吉他交还给我的老师。

这时，我心底流过幻想的耳语：我也要有一把吉他，我也要学，哪怕只学会弹一个曲子。

现在的吉他青年很难理解：想买把吉他，这对二十世纪五十年代的家境贫寒的大学生来说算是一个多么了不起的抱负。

显然，在整个大学生活中是无法企望实现这一抱负的。

我再没什么机会去触摸吉他，但是那声音一直陪伴着我，使我沉迷，步入另一种感觉世界。

固执的我并未忘情，只是深埋……

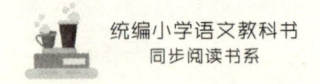

我终于在工作后的头几个月，省吃省用，寄去三十元钱给我的俄语老师，托他买回了一把旧吉他。

当那金黄色的圣物终于为我所拥有时，我确实有一种类似获得爱情的喜悦。我反复端详，发觉这也是一把意大利的吉他，很像老师的那把。他是否以这种虽然有偿却便宜的另一种赠送方式表示他对我的师生友情呢？这位老师只在一年级教过我，后来换了几个老师，我也只是因为吉他和他多少保持些联系的。我毕业后再也没见到他。听说，他不愿离开中国，但客观条件已越来越难以使他居留这块土地。听说，他终于离开了，是回到了西伯利亚还是拉美？再也无法考查。

当然，我那一代人更"享受"了这种"客观条件"。很快，大规模的政治运动就一浪一浪地拥簇而来。不过，我还是在浪峰前找到过一位收费的朝鲜人吉他教师。当时，教吉他和学吉他的人都寥若晨星，大概在我当时工作的百万人口的大城只有这么一位教吉他的老师，乐队和音乐学校都不用这种乐器。我向他学了三个月，第一次按五线谱正规学。我是二三个月的幸运儿。我终于用简单的和声弹出了俄罗斯民歌《草原》。

啊，那简单的乐音，竟然如此奇妙地从我手指下流出,真是一次偶然的相逢,让我倾情神往,使我自己羡慕自己,我觉得,我又找到一种寄托,一个属于个人的人生寄托。

和所有二十世纪五十年代的大学生一样,我的途径也是坎坷的,因为我们正巧在最年轻的时候赶上了"知识无用"这班车,蹉跎了将近二十个年华。当然,也不仅是政治风云,在生活中,好像也很少有情趣,谈不上什么"八小时以外"的个人天地。至于吉他这种乐器,几乎和奇装异服一样属于该批判的东西。本来我对吉他就刚入门,又不可能找到老师,何况,这种纯舶来品一看上去就散发出"资产阶级气味",我也就很少弹了。

但这把意大利吉他还是风风雨雨跟我南调北调。它忽儿积满了尘土,忽儿又被我擦得锃亮。我望着琴格上留下的我的指痕印,总有另一种世界的感觉。偶尔,在一个春天的夜晚,或在夏日橘红的黄昏,我又抱起吉他,无师自学,或者再弹《草原》……当然,我后来又学会了《快乐的家庭》《鸽子》等几支曲子,或者自己随意拨弄几个和弦,胡乱地配着,哼起那时允许唱的民歌。于是,我的忧郁和偶尔的欢快,都伴随那些弹得不太好听却能迷醉我自己的声音而飞出窗外,追逐那些浪

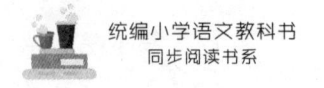

漫的野花和凋零的红叶。

幕布换得是如此之快，仿佛没有经过幕间休息，中国的改革开放就一下子席卷了中国人的生活。我想，吉他的普及和异峰突起可说是一个奇妙的有魅力的明证。有一部电影叫《路边吉他队》。我看着其结尾处几百名青年同时演奏吉他，感到极为怆然。当我们的统计表上列举着我们十年生产了多少吨钢，多少台电视机时，我们是否想过，我们生产了，多少科学家，多少英语通，生产了多少首诗和多少个的吉他手？

我想，当然我对吉他一见钟情和今日青年喜欢吉他是一样的原因：吉他富有人性，富有青春的魅力。它的音色纯清优美，它不吵人，无论在草地上还是在沙龙里，它都给人愉快。它的伴奏是那样简明而丰满。谁不愿意自己伴奏自己唱啊！它又不像钢琴、提琴那样难学，它既能登"大雅之堂"，又能登"小雅之堂"。它有极其艰深的技巧，复杂的独奏曲，又可以利用几个简单的和弦陪伴自己唱歌。而且，这种乐器看上去又那么潇洒，富有温馨的气息。我明白了吉他怎么能对一个越来越认识自己价值的开放社会产生那种吸引力了。

我为这种社会现象而欣喜，我为千千万万的吉他手不断诞生而快乐。这些后生弹吉他无论在技巧上或是感觉上都很快超越了我，但我毫不为此沮丧。我需要做的事情太多了，空闲时间越来越少，但我仍偶尔抱起吉他，哼一二小曲，并且仍不断地学，用一种蜗牛的步子前进，掌握了一些现代吉他弹奏的手法。我想，那些刻苦而有才华的青年用两年时间达到的水平，我即使用二十年的时光去达到，也心甘情愿，因为终于是"达到"了，这就比空谈强一百倍。

那么，吉他，我的吉他，陪我慢慢地去走完我生命的历程吧！

我爱你，中国的汉字

我写着写着，常常为我面前这一个个方块字而动情。它们像一群活泼可爱的孩子在纸上玩笑嬉戏，像一朵朵美丽多姿的鲜花愉悦你的眼睛。这时，我真不忍将它们框在方格里，真想叫它们离开格子去舒展，去不受拘束地享受自己的欢乐。

真的，它们可不是僵硬的符号，而是有着独特性格的精灵。你看吧，每个字都有不同的风韵。"太阳"这个词，使你感触到了热和力，而"月亮"却又闪着清丽的光辉。"轻"字使人有飘浮感，"重"字一望而沉坠。"笑"字令人欢快，"哭"字一看就像流泪。"冷霜"好像散发出一种寒气，"幽深"两个字一出现，你似乎进入森林或宁静的院落。当你落笔写下"人"这个字，不禁肃然起敬，并为"天"和"地"的创造赞叹不已。这些有影无形的图画，这些横竖勾勒的奇妙组合，同人的气质多么相近。它们在瞬间走进想象,然后又从想象流出,只在记忆中留下无穷的回味。这是一些多么可爱的小精灵呵!而在书法家的笔下,它们更能生发出无穷无尽的变化,或挺拔如峰,或清亮如溪,或浩瀚如海,或凝滑如脂。它们自身就有一种智慧的力量,一个想象的天地,任你尽情飞翔与驰骋。在人类古老的长河中,有哪一个民族能像中华民族拥有这么丰富的书法瑰宝!

为什么说中华民族是诗的民族呢?这些美丽而富有魅力的文字生来就给使用它的人带来了诗的灵性。看着这些单个的有色彩有声音有气味的词,怎能不诱发你调动这些语言的情绪呵!西方现在有少数诗人在追求"玩文字",但他们怎么能从二十六个字母的组合中去找到"玩文字"的魅力呢!只有中国的汉字,几万个不同的字形,几十万、几百万种奇妙的组合,足以产生遣使文字的快乐,甚至能在语义以外寻求那种文字对人类思维和感官的想象力!中国的汉字是高度悟性的结晶,必能训练出人的悟性。

也许,这又多少有一些悲哀。据说那种偏重对悟性的训练是会影响科学和理性的。那么,是不是因为中国汉字没有时间的变化就影响了人们对时间的概念呢?是

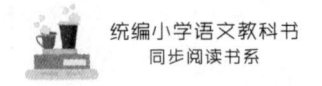

不是因为汉字创造了那么多血缘不同的称谓而使得中国有无穷的繁文缛节呢？多么奇妙啊，这些方块字竟和一个民族的习性相关连！

在世界的文字之林中，中国的汉字确乎是异乎寻常的。它的创造契机显示出中国人与世不同的文明传统和感知世界的方式，但它是强有力的、自成系统的，它用一个个方块字培育了五千年古老的文化，维系了一个统一的大国的存在，不管这块东方的土地上有多少种不同的语音讲着多少互相听不懂的方言，但这汉字的魅力却成了交响乐队的总指挥！

面对着科学的飞跃，人们在慨叹中国技术的落后，想在困惑中寻求摆脱这种象形文字带来的同世界的阻隔，因而发出了实行汉字拼音化的震撼灵魂的呐喊。是的，这种呼唤曾经搅动得人们热血沸腾，却有点唐·吉诃德攻打风车的憨态。中国的汉字以其瑰丽雄健的生命力证明了自己的存在价值。是电脑接受了汉字，而不是电脑改变了汉字。在攀向科学高峰所出现的复杂思维状态中，倒是那种拼音字字需要不断地再造，以至于到了不堪忍受的烦琐程度，惟中国的汉字反而焕发出青春，轻而易举地用原有的词汇构成了新的概念和术语。真的，中国的方块字能消化各种外来的新创造，因为它拥有一个单字的海洋。在人们熟悉这种文字后，可寻求的新的组合和创造的天地是那样的宽广而简便。

我是炎黄的子孙，是喝扬子江的水长大的，也许，和别的民族一样喜欢夸耀自己的东西。俄国的罗蒙诺索夫不是用诗的语言赞美过俄罗斯语言吗？但我不是传统的盲目维护者，我只崇尚人类文明的创造。在我粗通一些西方文字后，就越来越惊叹中国汉字的无与伦比的创造力了。

唉，像徜徉在夏天夜晚的星空下，为那壮丽的景色而迷醉，我真的是无限钟情我赖以思维和交往的中国汉字，并震惊于它的再生命力和奇特魅力。我想，在人类历史的长河中，这种文字将越来越被世人所珍惜和喜爱。

我的使用汉字的同胞们朋友们，请去发展它丰富它吧！历史和文明正向我们投来新的目光！

体验汉字的魅力

中国人的全部智慧和执着都体现在不可撼动的凝聚力上。这不仅由于独特的生活方式，更由于独特的观察方式和思维方式，甚至文字处理方式。为什么懂得"日出而作，日入而息"，却又按月亮去规画节气、农事，甚至只过"月亮年"呢，为什么能创造出最简练的数字计算方式(个、十、百、千、万、亿、兆)，却又没想到拼音或者说放弃拼音而造型出汉字呢？

在欢度"月亮年"，或者说阴历年、旧年、春节——这个全世界华人最盛大、最家庭化、最统一的节日时，我又一次为我们的汉字而沉迷，而赞叹，而浮腾那不可抑制的陶醉。正是这了不起的汉字，维系和主宰着全世界所有的华人和华裔的精神。但是，这还不是汉字的全部力量。

当人们深沉地说"音乐是人类最后的语言"时，是人们体验了音乐对人类从听觉方面所产生的全部魅力，当梵·高的画以五千万英镑拍卖时，也是人们对视觉艺术价值的肯定。那么，文学呢？它仅仅是靠它的社会性和思维的可感性而存在吗？所有的作家可能还必须探求由文字本身的刺激所勃发的效果。

在这方面，汉字突然像一座丰富的金矿，使其他用拼音文字所创造的文学黯然。汉字的可感性从形象本身就能给予读者以感官上的刺激。"雨丝"二字，顿然使人有飘动之感。"花开花落飞满天"，笔画本身就有张缩起伏的韵味。"妩媚""窈窕"会因字形而产生那种女性的风采，这些普通的文字也是不可能被翻译的。即使翻译，也只剩下意义上的可思维性。偏颇一点说，外国文学译成中文是增色，而中文文学译成外文是减色。

我曾和加拿大诗人说，我认为只有中国文字是诗的文字，就拿音韵来说，西文如果押韵字形必然相同，而中文同韵异形的字则太丰富了。而且，一字一音和由字组词所构成的诗的效果有无法想象的美丽与神奇。更不用说横竖排版的自由和字体变化所幻制出的视觉奥秘了。

文字的构成方式对文学中的文字力量是具有决定意

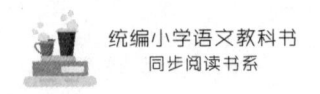

义的。同一首诗或一段文字，用汉字和用汉语拼音的文字写出来给人的感觉是失之千里的。

　　随着年龄的增长我越来越感到汉字力量所带来的压迫，作为文字艺术家的诗人、作家，我懂得了我们祖国文字的全部奥妙吗？我该怎样小心翼翼地去体验这种文字的魅力并展示出它的全部辉煌？对于这座蕴藏极为丰富的金矿，我们才窥其一豹，远远没有去开采。我们笔下能流动出多少词汇？我们在选择词汇和语句时，是不是只简单地从意义上着眼，而没去深思其文字形象本身在不同组合和行列中所焕发的神采？是的，每个字都是活泼的小精灵啊！我们是否赋予了它新的生命，还是让它老态龙钟？！随着文明方式的拓宽，我们又该怎样去创造新的文字体验效果？通过以语言艺术为己任的手笔让普通的人习惯新的文字模式？开放我们古老民族某些由于文字本身而束缚精神的现象，因而勇敢地去更新那些词汇。正如一场白话文学的革命，导致一代人的新觉醒一样，文字注入新的血液一定会影响到整个华夏的思维和观察方式。

　　我们勿庸去担心其他国度是否能承受这种方块字，而应考虑我们自己能否运用好这一极富表现力的独特乐器，演奏出人间最佳的音乐。学习我们的文字，丰富我们的文字，热爱我们的文字，提炼我们的文字，像提炼一钱钱的金子。

这不是普通的文字，不是作为语言表达的简单的符号系统，它甚至可以离开语言而单独存在。它既是语言的象征，又是超语言的存在；它是有生命的实体，它具有感观上的刺激；它是独立的艺术品，而且它孕育出了书法艺术；它具有无穷的衍生能力；它是生产语言和文字的母体；它是最古老的，却又具备最现代的感觉和适应力。

大地茫茫，宇宙无限。临近春天的雪花在不知名的地方飘落着。我常常莫名孤独地面对汉字，我和它在做最有生命力的交谈。

如果真的如哲人所说，音乐是人类最后的语言，那么我的浪漫的想象和荒唐的预言就是：汉字作为奇妙的语言载体和超语言的存在，会得到全世界智慧者的无穷开拓，终于成为人类最后的文字。

燕　子

也不知是由于污染还是因为林木的减少,抑或人烟的纷杂,在我们城市上空,鸟是不多的。抬眼一望,缺少灵活的飞翔的东西,总有些寂寞。不过偶尔穿过立交桥下,倒见到很多老人,几乎人手一笼,真像是百鸟朝凤,或者在开赛鸟会。清脆的鸣声几乎可以压过隆隆的车辆。可惜那些鸟只有一块非常小的飞行天地,并不能带来天空的欢乐。

可有一次在要下雨的时候,我在高层楼上眺望窗外,忽然发现许多燕子,在上下翻飞,盘旋,这一下子使我惊喜了。啊,这么多可爱的燕子,它们是从哪儿来的呢?许是远方雨丝的手把它们牵来的。它们飞啊,呢喃地欢叫着。也许这时候是捕食虫子的好时机,也许它们渴慕湿润的雨。我的眼睛也被这一片欢乐所照亮。后来,我就经常留意窗外,间或在晴空的灰黄中,也掠过一些燕子。我想，它们可能就住在城里，只是这成群的高楼，混凝土那么严实，它们可在哪儿做窝？

我是喜欢燕子的，和它很有一番感情。幼时在家乡长江边一个小城，我们住的瓦房横梁上，每年都有这美丽娇小的客人。它们一点也不怕人，因为没有人去伤害它们。它们衔着泥，灵巧地造着窝。为了使它们搭窝更方便，家里大人往往在横梁上安放一块小托板；有了这底座，造窝就方便多了。看它们衔泥衔草来回奔忙，对我们孩子来说，真是一件十分惬意的事。我有时能观察一两个小时，并计算它们飞来多少次。忽而欣喜地拍着手："瞧衔来的这片羽毛真好看！"叔叔往往笑着对我说："燕子就喜欢跟孩子交朋友，燕子是益鸟。"我弄不懂益鸟，他就说："专吃坏虫子的。"

更为欢乐的是，还能见到孵小燕子。我没见过燕子蛋。虽然我们家屋顶很矮，大人只要搭一张凳子，抬手就能够着燕子窝，但我没见过任何大人碰它。燕子窝是很好看的，像只小船，四周像雕刻，有着漂亮的斑纹，绝不像乌鸦的窝那么难看。雏燕孵出后，家里也像有了生气，孩子们第一个报告喜讯，给成天为柴米油盐而愁苦的大人脸上添一丝微笑。那些雏燕张着嘴巴待哺的样

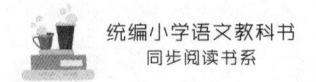

子真动人。老燕子一口一口喂它们，慈祥而又耐心。一直等吃饱了，小燕子才停止那叽叽喳喳的吵嚷。这种温暖大概多少也给人类一些善意的启示。

去年，我去长白山，在攀天池的路口，长白瀑布飞腾而下，溅起无数的水珠，漫开一片雾气。因高寒而寂静的山上，忽然响起欢快的乐曲。我抬眼一看，半空中简直成了燕子的世界，数不清的燕子呢喃着，在瀑布雨中嬉戏。刹那间，一种升腾而上的温暖驱散了高山的凉意。谁能想到，在这个连岳桦树都不能生长的高山上，它们也来了，而且给爬山的人一种难以名状的欢乐和勇气。

我不知道燕子在世界繁殖的状况，但它在中国却是普遍的，和柳树一样普遍；虽然它不算什么出色的鸟类，也没有使人爱到要想把它关进笼里观赏的程度，但它那蓝黑色的娇小的身躯，衬托着尾基的白色，显出一种静美。它飞翔时的灵巧、平滑，有如潮水上掠过一道波纹；那交叉的尾部，给人多少诗意的造型，据说它飞行的速度，能达到每小时二百多公里，几倍于火车的速度。当然，它没有华丽的羽毛，也没有优美的嗓音。但它却是最和人亲近的，和我们中国人最亲切的一种鸟。

如果将来要选什么"国鸟"的话，我想至少我会投它一票的。

现在，我们陆续住进框架式的高楼，没有给燕子的尾梁了。但它们仍会找到栖息与繁衍之处，和我们一起生活在这美好的空间；它们和人一样，能适应各种各样的环境。我希望燕子能在我们上空多起来，也与鸽子和其他鸟一样，不会妨碍人，而会带来宁静、欢乐和温暖。

镜泊湖遇雨

温柔的镜泊湖，遇上了无情的雨。

蔚蓝的湖面顿时消失美丽的澄清，像毛玻璃那样丑陋，远山的黛绿也浑浊了，烟雾遮盖了一切；天空、水面、山峰都掉进了一个大染色缸。朦胧的灰色，就是主宰这一刻的上帝。

湖畔的沙滩空旷了，花阳伞也仿佛垂下了眼皮，雨驱散了笑声，驱散了那些轻快的脚步。只有丁香树和波斯菊，依然默默地装饰着这大自然，它们和人不一样，它们不怕打湿衣裳。

雨像断了线的珠子，从无形的空中往下倾泻。而抬起头，却又找不到它的所在。

烟雾越来越弥漫了，湖变得越来越小，雨似乎是一张巨大的网，在收缩着这美丽的一切。

也许，它只是暂时的收藏，或者是因为游人太多，湖和岸上的一切被污染了，它要进行一次最柔和而彻底的洗涤。

然后它会悄然隐去，像美丽的天使。当金黄的太阳重新踱上这鲜亮的湖、山峰和沙滩，不知怎么，你会忽然深情地怀念——

那一丝难忘的朦胧和多情的雨滴！

成长的平静与躁动

无论我们情愿还是不情愿，无论我们快乐还是忧愁，我们每个人都在不断地成长，岁月在我们身上添上一道道无形的年轮。

是的，从真正的语义上说，成长不属于中年人或老年人，因为中年人或老年人已完成了人生的发育，他们已攀上了生理的顶峰，开始用理性品味人生。

只有开始发育的孩子、少年、青年喜欢成长、盼望成长。

生命一旦出现，成长便不可避免。应当说，所有的成长都是渐进的，无声的，在平静中变化。人们很难分辨一个小生命逐日的成长，但相隔一段，蓦然回首，成长的痕迹便非常明显了。

但是，伴随着这种平静的成长又涌动着多少躁动啊！这些生理上的、心理上的躁动，几乎随着人的发育阶段而呈现波峰浪谷，或急或缓，或高或低、或明或暗、或强或弱，在你的心底深处反复着。

从什么时候开始懂得羞涩了？从什么时候开始对爸爸妈妈隐藏自己心底的秘密了？从什么时候开始对异性发生兴趣了？从什么时候开始喜欢独自胡思乱想了？

生命在平静中出现躁动，生命在无声的发育中产生抗争，生命在由单纯变为复杂。这都是成长所带来的快乐与烦恼。

埋怨这一切吗？不会的。我们每个人都不愿意时间停止流动，不愿意停止在某一天或像一部荒诞电影所表现的那样每天都去过昨天的生活。我们会盼望成长、盼望那种朦胧的但肯定新鲜的明天。

在人生的茫茫旅程中，尤其是在人生的开始，勇气与想象更富有闪光的诱惑力。

永远不要拒绝我们人性中的这种躁动！这种躁动是成长中的希望，是春潮涌动的旋涡与激流啊！

不要恐惧我们内心的躁动！我们应适应它，迎接它，成长中的躁动迸发出生命的创造力，使平淡的生命充满传奇。

这种躁动对发育已完成的中年人、老年人也是有益

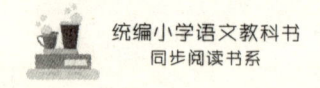

的。他们也在用成长的躁动去进行新的幻想创造，从而完美自己的一生！

平凡而美妙的发现

据说，万有引力学说是这样发现的：

年轻的英国大科学家牛顿某一天躺在草地上凝思默想，也算是放松休息吧，他看见身旁一个苹果成熟后从树上掉了下来，他竟然想：苹果为什么往地上掉，而不往天上掉呢？这思路点亮了他科学研究的一盏灯，最终他发现了原来地球有吸引力，并构成了他一大发现——万有引力体系。

本来，物体自然下落，是亿万年最常见不过的现象，也是千万年人类没有注意研究、没有想象的现象，但是牛顿注意到了，而且研究下去，并从最平凡的事中得出了最不平凡的结论。

无独有偶，瓦特发明蒸汽机火车头也是基于一件平凡的事。他看见煮沸的茶炊把壶盖顶起来了。他想到蒸汽的力量与作用，接着进行科学的计算与研究，他成了

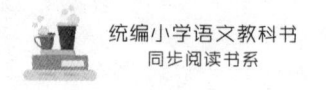

蒸汽机发明家,十九世纪、二十世纪工业的崛起、文明的发展莫不依赖于它的这一项发明——又是一个平凡而美妙的发现。

在这里我想到了三个问题。

首先,科学来自生活,来自平凡。我并非想把伟大的科学发明简单地类同生活,而是想说,即使最深奥的科学有时也来自简单的开始,普通事件的撞击。生活永远是在科学的前面,也是生活在推动着科学的前进。

今天没有人否定宁宙飞船、人类登月、启动发往宇宙电波的深重意义,没有人否定科学在二十世纪、二十一世纪的飞跃,但是我们不可能不考虑我们对飞鸟观察的开始,我们因苏轼诗"我欲乘风归去,又恐琼楼玉宇,高处不胜寒"而感受到的艺术诱发,人类从原始以来一代又一代的追求。今天我们的电视、手机可以在地球上各处观看、通话,我们也不会忘记远古人对"顺风耳""千里眼"的幻想。人们总是从生活中得到启迪,在艺术中施展想象,并在踏实的科学阶梯上一步步前进甚至是匍匐行进的。是那样艰难深奥却又那样简单啊!我们一代代人会永远把最复杂的事物慢慢清理出最简单的头绪,决不把它拧成一团或打成死结。

其次，一切发明创造都来自于观察与思考。为什么其他人在苹果落地时没有构想到地球引力，而只有牛顿发明了呢！这就是常人对平常生活忽略，而伟人则对平常生活进行不平凡的观察与思索。在生活中，我们几乎对很多东西是视而不见的，听而不闻的。

法国昆虫学家法布尔最终能写出浩繁而细致精确的《昆虫记》，通晓了昆虫的生活习俗和心理，不仅成为动物心理学的创始人，而且从对昆虫的理解，提取了很多生命的认识，并从另一个更伟大的角度，科学地对达尔文的物种进化论提出了挑战。

俄罗斯作家高尔基年轻时为生活所迫，浪游过俄罗斯很多地方，并写成了《俄罗斯浪游散记》，他展示出迷人的景色，怪异的人群，离奇的故事，使读者不仅有身临其境之感，而且为他笔下的一切惊诧。这些生活画面在当地的民众眼里是司空见惯的，但是他们缺乏高尔基那双善于观察的眼睛与智慧，于是那一切只能得到被埋没的命运，正如静静的顿河只有等待到肖洛霍夫的出现才显示出那么野性、奇丽、怪谲，那么多使人想读的故事。

当然，我们是普通人绝非"大家"，我们只能做普

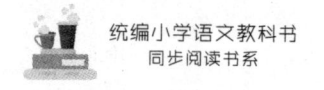

通工作，但是我们是否也可以在平凡简单的生活中多看几眼并偶尔想一想什么呢？

我的第三个感受是科学和艺术创造往往来自于闲暇。在我们急匆匆的，琐碎的，稀里糊涂的奔忙生活中，我们的灵感是关闭的，而只有闲暇地放松状态，思维才有可能活跃。这时，如果我们在闲暇时不是无所事事，在放松时不是陶醉怡然，我们开始有所思，那么，创造性的灵感肯定会弹跳，就像牛顿躺在草地上休息时想"苹果为什么不往天上掉"一样，那内在的潜力就会着落到一个美妙的发现上，从而启动一项科学发明式的艺术创造。

我们不能像蚂蚁那样奔忙，像蜜蜂那样成天采花，我们有思维的人要学会有张有弛，有紧有松，有疏有密，有劳有逸。那样，正反互补，闲暇中可能得到工作学习研究的更大的报偿。

生活永远是平凡的，是普通的，是刻板的，是单一的，但我们能否在这样的生活中活出多姿多彩、灿烂复杂、生动浪漫，就全在我们自己了。

大有大的创造，小有小的乐趣，让生活流起来，让眼睛、耳朵、鼻子都一起开动，弄潮于人生的浪花，让我们的思维，观察，研究伴随着这一切前进，也许，我们每个人，都能有一个——

　　平凡而美妙的发现！

图书在版编目（ＣＩＰ）数据

三月桃花水 / 刘湛秋著. -- 武汉：长江文艺出版社，2020.1 (2020.3 重印)
（统编小学语文教科书同步阅读书系）
ISBN 978-7-5702-1349-8

Ⅰ.①三… Ⅱ.①刘… Ⅲ.①散文集－中国－当代②诗集－中国－当代 Ⅳ.①I217.2

中国版本图书馆CIP数据核字(2019)第 252072 号

责任编辑：黄文娟　　　　　　　责任校对：毛　娟
封面设计：天行云翼 · 宋晓亮　　责任印制：邱　莉　胡丽平

出版：长江出版传媒　长江文艺出版社
地址：武汉市雄楚大街 268 号　　邮编：430070
发行：长江文艺出版社
http://www.cjlap.com
印刷：长沙鸿发印务实业有限公司

开本：640 毫米×970 毫米　　1/16　　印张：12　　插页：1 页
版次：2020 年 1 月第 1 版　　2020 年 3 月第 2 次印刷
字数：83 千字

定价：20.00 元

版权所有，盗版必究（举报电话：027—87679308　87679310）
（图书出现印装问题，本社负责调换）

统编小学语文教科书同步阅读书系

四年级

三月桃花水	刘湛秋	著
白鹅	丰子恺	著
飞向蓝天的恐龙	DinosaurX	著
猫·母鸡	老舍	著
巨人的花园	（英）奥斯卡·王尔德	著
天窗：茅盾儿童文学精选	茅盾	著
白桦	（俄罗斯）叶赛宁	著
搭石	刘章	著
在天晴了的时候	戴望舒	著
宝葫芦的秘密	张天翼	著
芦花鞋	曹文轩	著
琥珀	（德）柏吉尔	著

五年级

手指	丰子恺	著
呼兰河传	萧红	著
小岛	陆颖墨	著
金字塔夕照	穆青	著
桂花雨：琦君散文精选	琦君	著

六年级

表里的生物	冯至	著
作文上的红双圈	黄蓓佳	著
腊八粥	沈从文	著
匆匆	朱自清	著
第一次盼望	史铁生	著
金色的鱼钩	陆定一 等	著